7598

LA

BUVEUSE DE PERLES

CALMANN LÉVY, ÉDITEUR

OUVRAGES

DE

MARIO UCHARD

Format grand in-18 —

PARIS. — IMPRIMERIE A. CHAIX, 20, RUE BERGÈRE. — 19464-1.

LA
BUVEUSE DE PERLES

PAR

MARIO UCHARD

PARIS

CALMANN LÉVY, ÉDITEUR

ANCIENNE MAISON MICHEL LÉVY FRÈRES

3, RUE AUBER, 3

—

1882

A

M. FRANCIS MAGNARD

VENGEANCE!

MARIO UCHARD

LA

BUVEUSE DE PERLES

I

Ancien premier sujet de la danse à l'Opéra, et ayant marqué dans cette jolie pléiade d'il y a vingt-cinq ans, dont plus d'un abonné d'alors se rappelle encore l'éclat, Ida Reynach, devenue femme Bonnard, accomplissait ce jour-là ses quarante-huit printemps. — Age déjà mûr, disons-le, pour une étoile de seconde grandeur que les hasards de sa course n'avaient point épargnée.

Fille de portière, d'ailleurs, et détournée à vingt-trois ans de son orbite, en pleine ascension, par une aventure avec un jeune lord qui avait fait quelque bruit, elle avait, un beau soir, disparu du firmament de la rue Le Peletier,

1

bifurquant tout à coup dans la voie de cette galanterie dorée, toute particulière aux filles de Terpsychore, en ce sens qu'elles l'exercent encore avec un certain ton.

Un enlèvement romanesque, quatre années de séjour en Italie, diamants, chevaux, voitures... un train de reine, avec palais à Naples et villa sur le lac de Côme...

Comme elle achevait de laver sa vaisselle, tout en regardant de temps en temps par la fenêtre de sa cuisine, au quatrième étage d'une vieille maison de la rue de Lancry, elle entendit sonner midi.

— C'est drôle, M. Bonnard est en retard, dit-elle.

De la large terrine où trempaient bravement ses beaux bras, s'exhalaient des vapeurs d'eaux grasses qui puaient le poisson gâté, et ces vagues parfums d'ordures indispensables aux études du vrai réalisme.

Au pied du fourneau de faïence, — n'oublions rien de l'enquête ! — des balayures mêlées : os de charcuterie, pelures de pommes de terre, de carottes et d'oignons, arêtes de merlans ; document humain dans lequel fouillait le chat, le

museau sale et noirci. — De ses moustaches pois-
sées pendaient des gringuenaudes.

Vêtue d'un jupon de laine grise, les manches
de son caraco rouge relevées, tandis qu'elle passait d'une main preste sa lavette de chiffon sur
les plats et les assiettes qu'elle déposait ensuite
sur l'égouttoir, Ida suivait d'un œil vigilant
le gratinage d'un miroton qui chantait sur le
feu.

Allant et venant autour d'elle, une jeune personne de dix-sept ans, la taille bien prise dans
une robe de jaconas couleur claire, fredonnait
un air d'opérette.

— Eh bien, Aglaé, dit Ida, est-ce que tu ne
vas pas essuyer la vaisselle ?

— Comme c'est amusant, pour une heure que
je quitte l'atelier ! répondit la fillette. — Et puis,
après, j'aurai des taches !...

Mademoiselle Aglaé Bonnard, fleuriste d'art,
fille naturelle reconnue et imposée par son père,
lors de son mariage avec l'ancienne danseuse,
avait toutes les jolies allures de la grisette pari-
sienne, dont le bonnet ne tient guère que d'une
bride, prêt à s'envoler au moindre vent. La
beauté ou plutôt la séduction du diable, quel-

que chose de provocant et presque d'effronté, comme un instinct de vice.

Blonde, des cheveux follets rabattus presque sur les sourcils, un regard bleu et clair, perçant, audacieux, le teint animé d'une nature vivante qui se sentait éclore.

Sur l'injonction de sa belle-mère, elle prit un torchon en rechignant, et se livra à l'essuyage.

— Allons, Aglaé, reprit tout à coup madame Bonnard, tu laisses éteindre le feu. Le miroton ne sera pas prêt quand ton père rentrera... Il va nous faire une vie!

— Ah! dame, répliqua la jeune fille d'un ton d'ennui, on ne peut pas tout faire... C'est trop fort si, en sortant de l'atelier, il faut encore s'occuper du ménage!

— Eh bien?

— Eh bien... c'est embêtant!

Là-dessus, un petit garçon de trois ou quatre ans débouchant étourdiment de la salle à manger, et se jetant dans ses jambes, elle lui donna une claque.

Il se mit à pleurer.

— Es-tu mauvaise! s'écria Ida. Je t'ai déjà défendu de battre l'enfant de ma fille...

— Tans pis pour lui !... Qu'il me laisse tranquille, l'enfant de votre fille !

Ida prit le petit sur ses genoux.

— Allons', allons, dit-elle, en voilà assez !... Une autre fois, quand tante Aglaé sera en colère, tu te gareras.

La salle à manger était la pièce principale de l'appartement. Un papier à fond havane, semé de bouquets à demi déteints, couvrait les murs tachés par places. Au-dessus du poêle, un cartel, un buffet de chêne, la table et huit chaises cannelées à dossier d'acajou. Le voltaire de M. Bonnard, recouvert de vieux reps, gardant l'empreinte graisseuse d'une tête, se prélassait à l'angle de la croisée, s'ouvrant sur la cour de cette immense bâtisse grouillante qui, certes, aurait droit, tout comme une autre, à dix belles pages de description minutieuse, étage par étage, et fenêtre par fenêtre, jusqu'au sixième mansardé. On y verrait les dégoulinades des plombs crevés... *mettant* des lèpres jaunâtres sur le gris des murailles, les documents de linges sales, séchant çà et là, sur des ficelles ; *la buée*, les odeurs de rance et de moisissure flottant dans l'air...

Pour ce qui nous importe, en ce moment, disons que cette cour... était une cour.

— Midi et demi ! s'écria madame Bonnard ; mais ton père est exact pourtant. Qu'est-ce que cela signifie ?

Comme réponse à cette remarque, la porte du palier s'ouvrit brusquement. M. Bonnard (homme d'affaires, recouvrements, etc.), entra comme une bombe et, jetant à Aglaé sa serviette d'avocat, moins noire que crasseuse, gonflée de protêts et d'exploits, il débuta par ces mots :

—Madame Bonnard, sais-tu ce qui se passe?...

A l'air effaré qui accompagnait cette question de son mari, Ida, pressentant un événement majeur, prit d'instinct la pose de l'épouse en alarmes.

— Mon Dieu ! exclama-t-elle, que vas-tu m'apprendre ?

— Une chose étonnante.

— Laquelle?... Dis vite ! Tu me fais peur.

— Ta fille est célèbre!...

— Ma fille...

— Oui !

— Ah !

Et elle tomba affaissée sur une chaise, en proie

à la plus vive émotion, les pieds cambrés, allongeant ses pointes; le coup trop vif l'avait foudroyée.

Sans paraître s'émouvoir autrement de ce choc en retour, M. Bonnard jouit un instant de son effet, en homme qui se sent possesseur d'une nouvelle surprenante.

Pressé enfin d'interrogations, anxieuses au point voulu, il entama ainsi son incroyable histoire :

— Voici la chose. Ce matin, Blumenthal, le marchand de tableaux, vient me trouver. Il y a, à l'exposition des Champs-Élysées, une grande machine qui fait beaucoup de bruit et qui est d'un peintre encore peu lancé. Il me raconte qu'un riche amateur anglais, dont il a la clientèle, l'a chargé d'acheter cette toile; mais que, comme marchand, il ne veut pas s'adresser lui-même à l'artiste, avec qui il a eu déjà des difficultés... Je comprends tout de suite qu'il l'a écorché trop vif, et qu'il a brûlé ses affaires avec lui...

— Parbleu !... dit Ida, de confiance.

— Bref, il s'agissait de me présenter à sa place pour entamer la négociation, en stipulant une

remise pour moi, que je lui reverserai... Je tâche
naturellement de soutirer le nom de l'amateur
pour souffler l'affaire au besoin... Pas moyen,
avec un malin de son espèce: il ne coupe pas
dans ma curiosité! Enfin, il me demande d'aller
voir le tableau au Salon pour qu'il m'indique les
points qu'il faudra débiner chez le peintre, en
marchandant la chose. Tu comprends?...

— Je comprends !

— A l'instant même, nous partons pour les
Champs-Élysées. Du premier coup, comme nous
entrons dans la salle, je n'ai pas de peine à
deviner qu'il s'agit d'un gros morceau en voyant
toute la foule se presser sur un seul point, devant une toile très grande. J'entendais dire :
« C'est *la Buveuse de Perles...* » Blumenthal se faufile dans le groupe, jouant des
coudes, je le suis... Nous arrivons enfin
sur le premier rang, je mets mon pince-nez...
Qu'est-ce que je vois ? — Ta fille !...

— Avec un monsieur?..

— Non !... sur le tableau ! Peinte en costume
de Cléopâtre... Si ressemblante, que j'ai cru
qu'elle me reconnaissait, et qu'elle allait me dire
des insolences... Et tout le monde s'extasiait. Ce

n'était qu'un cri sur l'expression de son visage, de ses yeux, sur son air de princesse qui vous regarde comme des fourmis... Ah! je te réponds qu'elle a un fier succès!

— Et tu es sûr que c'est elle?

— Pardi! avec ça qu'il peut y en avoir une autre pareille!... J'ai écouté Blumenthal, sans rien lui dire, pour tout le marchandage du tableau qu'il faut que je fasse, et je suis accouru.

Pendant ce récit émouvant, un essaim de pensées de grand vol avait envahi le cerveau d'Ida Reynach, femme Bonnard.

— Je veux aller voir ça tout de suite! dit-elle avec décision. Catherine doit venir dîner; il faut, avant son arrivée, être bien sûr de toute l'affaire.

— C'est aussi mon avis, répliqua son mari, vite, sers ton rata, et en route.

Le déjeuner fut silencieux et très vite expédié. On eût pu deviner qu'une communauté de réflexions graves planait sur cette hâte. Aglaé semblait d'une humeur massacrante, et l'enfant assis près d'elle supportait ses bourrades.

Enfin, tandis que Bonnard avalait son café, sa femme disparut pour se vêtir.

1.

II

A deux heures sonnantes, les Bonnard payaient leurs vingt sous au tourniquet du palais de l'Industrie, grimpaient l'escalier d'un air affairé, et arrivaient au salon D.

La foule y affluait toujours ; les deux époux se jetèrent dans le groupe, suivant le courant, et se trouvèrent enfin devant le tableau.

— C'est bien elle ! dit madame Bonnard à demi-voix, en poussant du coude son mari.

La Buveuse de Perles était une de ces compositions magistrales où la simplicité des moyens semble la marque puissante du génie. Soit instinct du sujet, bonheur de main, ou rencontre d'inspiration avivée par la nature étrange du modèle, dans cette seule figure qui remplissait

sa toile, le peintre avait condensé un idéal inconnu de cette Cléopâtre à la fois reine et femme
d'amour, et l'avait jetée là vivante, animée,
saisissante d'effet. Belle d'une beauté singulière
et exotique, des formes de nymphe où l'on
sentait la souplesse ; la tête fine, des traits d'une
pureté de lignes sculpturale, des grands yeux
d'enfant volontaire, avec un regard noir d'une
fixité intense qui tombait dédaigneux sur
tout ce monde. Elle était campée le front levé,
tenant sa coupe, dans une attitude calme et
hautaine, les sourcils rapprochés, comme si,
lasse des sensations humaines, elle eût creusé
sa pensée profonde à la recherche de quelque
volupté infinie. L'expression de ce visage, à la
fois inquiétante et charmeresse, semblait être
une énigme.

Cela fascinait et troublait comme un joli gouffre.

— Crois-tu que l'on voit assez qu'elle est la
fille d'un lord? dit Ida en se rengorgeant.

Des artistes causaient.

— En voilà une veine d'avoir trouvé un modèle
pareil! dit l'un d'eux.

Ida Bonnard, fière et rougissante, écoutait les
propos. Consciente de son importance, figée sur

place, elle se renfermait dans une impassibilité
modeste, échangeant des regards avec son époux,
à chaque remarque louangeuse des gens qui
défilaient, les bousculant à l'envi.

Tout à coup, elle eut une exclamation à demi
étouffée.

— Tiens !... justement... M. Cambrelu !

— Où ça? demanda vivement l'homme d'affaires.

— N'aie pas l'air !... Là, à droite...

Le personnage désigné était un vieux monsieur
d'une soixantaine d'années, épais, d'aspect vulgaire, mais fort bien mis; grand, gros, son
ventre prépotent sanglé dans une redingote noire
qui marquait les plis de sa graisse. L'air important et gonflé d'un bourgeois suant les écus.
Son teint enluminé de couperose dénonçait le
viveur gourmand et bien nourri. Ses façons
bouffies respiraient la satisfaction de lui-même,
et cette confiance vaniteuse du parvenu qui se
sent les poches pleines. Ancien avoué de la
Martinique, et même de sang un peu mêlé, roué
comme potence, il avait fait une énorme fortune
dans les denrées coloniales, et surtout dans les
guanos.

Les Bonnard s'étaient glissés vers lui, comme

par hasard ; il répondit à leur bonjour empressé
d'un ton protecteur.

— C'est une fameuse surprise, hein.... que ce
tableau-là ! dit-il.

— Ah ! vous avez reconnu ?... demanda obsé-
quieusement Ida Bonnard avec un sourire.

— Pardi ! chère madame, reprit-il galamment,
il suffit d'avoir vu une fois votre fille, pour qu'il
soit impossible de s'y tromper.

Ravi de se faire valoir en cette remarquable
circonstance, l'homme d'affaires raconta qu'il
était chargé de se mettre en rapport avec le
peintre, pour l'achat du tableau.

— Pour qui ? demanda M. Cambrelu.

— Pour un Anglais.

— Oh ! pas de ça !... Vous allez conclure l'affaire pour moi, ou me la laisser enlever avant
que vous portiez vos offres !

Les Bonnard échangèrent un regard rapide.

Mais le lieu n'était pas propice à une causerie
de cet ordre. Sur un signe de M. Cambrelu, tous
trois sortirent de la foule.

Ils eurent bientôt traversé les salles pour gagner le grand hall des sculptures. Là, après renseignements sur le prix de vingt mille francs

que d'emblée faisait proposer le marchand, le
millionnaire, certain que l'affaire ne pouvait
qu'être bonne à ce taux d'expertise, alla droit
au but.

— Qu'est-ce que Blumenthal vous donnait de
commission? demanda-t-il.

— Cinq cent francs! répondit Bonnard avec
aplomb.

— Fichtre! c'est payé, pour une course de
chez vous chez le peintre!... C'est égal, je vous
en donne mille, si vous m'apportez, d'ici demain,
une promesse de vente à ce prix-là.

— Mais s'il tient la dragée plus haute?

— Allez jusqu'à trente mille. Ça doit les valoir, du moment que Blumenthal en offre vingt.

— C'est dit!

— Là-dessus, filez!

Bonnard ne se le fit pas répéter deux fois, et,
laissant sa femme avec le richard, il salua et
tourna les talons.

M. Cambrelu le regarda partir en tapotant la
pomme d'écaille de sa canne sur ses grosses lèvres. Quand il l'eut vu disparaître:

— Eh bien, dit-il d'un ton un peu gouail-
leur, toujours la panne, donc?...

— Dame, comme vous le voyez!... Depuis quatre ans que je ne vous ai vu, ça n'a pas changé, répondit Ida.

— Si ta fille n'avait pas été une bête, pourtant?... ajouta-t-il.

Le sens indéterminé de cette phrase n'avait sans doute besoin d'aucun corollaire entre eux, car elle y répondit du premier coup.

— Que voulez-vous!... répliqua-t-elle avec un soupir de découragement. Elle fait mon désespoir.

— Comment vit-elle?..

Ida haussa les épaules, et les laissa retomber comme accablée sous le poids de ses malheurs.

L'éloquence de ce geste muet valait tous les discours.

— Elle se galvaude alors?... reprit-il. Mal entretenue, hein?...

— Elle?... Ah bien, oui!... Elle donne des leçons de piano, et n'a pas autre chose pour vivre. Je vous demande un peu si c'est raisonnable?... La fille d'un lord, droguer la misère comme une rien du tout. Après l'éducation que je lui ai fait donner!... Enfin, il n'y a pas à dire, vous le savez, vous, si j'ai regardé aux sacrifices. Jusqu'à

dix-sept ans dans un grand pensionnat de Genève, pour en faire une vraie fille du monde;
car les grandes manières, c'est tout! Et puis,
après ça, le Conservatoire, quand j'ai eu tout
mangé, et que j'ai été obligée d'épouser Bonnard
parce que ça n'allait plus... Eh bien, elle n'a pas
eu plus tôt dix-neuf ans, qu'elle a mal tourné!...
Pour ma récompense, elle s'est amourachée d'un
garçon qui n'avait pas le sou, et avec lequel elle
a voulu se marier.

— Et qu'est-ce qu'il fait son mari? Comment
est-elle avec lui?

— Son mari?... Ah bien, il est loin, s'il
court toujours! Ils se sont séparés au bout de
deux ans. Il était chimiste, employé dans une
fabrique à six mille francs par an... Je vous demande si ça pouvait durer?... Il l'a plantée là,
avec un enfant, pour s'en aller en Amérique. Ce
qui fait que, depuis dix-huit mois, nous l'avons
à peu près sur les bras... A vingt-quatre ans,
dans sa plus belle fleur!.. Si vous voyiez ses
épaules, ses jambes... Vous vous rappelez les
miennes... J'ai eu le prix de formes, décerné par
tous ces messieurs de la loge de M. Véron...

— Je me le rappelle, dit le vieux viveur.

— Mettez par là-dessus son père... un Apollon, monsieur Cambrelu !... Il était célèbre dans toute l'Angleterre, pour sa beauté... Et un chic !... Quand il entrait au foyer, ces dames disaient qu'après lui il fallait tirer l'échelle... Et on la tirait !... Quand il est mort, à vingt-huit ans, d'un accident de course, tous les journaux de Londres ont donné sa photographie... Malheureusement, ma position n'était pas faite... J'aurais des millions sans ce malheur-là !... Mais je pouvais du moins compter sur ma fille, n'est-ce pas?... Elle est tout son portrait, même pour ses grands airs... Je sais bien que je ne peux pas lui reprocher d'avoir aussi son tempérament, car c'est ce qui lui a fait faire sa bêtise. Pourtant, je vous demande un peu si ça devrait l'empêcher d'être sérieuse et de penser à sa famille... Quand elle n'aurait eu qu'à se laisser faire pour que sa mère lui trouve un prince qui lui aurait donné un hôtel, des domestiques, et tout !

— Il n'y avait pas besoin de prince pour ça ! dit M. Cambrelu, piqué dans son amour-propre. Tu n'avais qu'à m'aider.

— Vous savez bien que j'ai tout fait sans parvenir à rien... C'est une mule !

—Eh bien, si tu essayais encore aujourd'hui ? reprit-il, tâtant le terrain.

— Vous reviendriez ?

— Je ne dis pas non...

— Et vous feriez encore les offres d'autrefois ?

— Je les ferais !

— Alors, je peux marcher ?

— Tu le peux... mais attention, pas de farces !... J'entends ne pas être dindonné, et je ne m'exécute que donnant donnant.

Sur ces préliminaires très nets, la conférence fut établie d'une façon absolument sérieuse.

Chaque classe a un niveau moral résultant de son éducation, et le milieu relatif de la vie modifie singulièrement le point de vue des convenances sociales, qui ne sont point toujours aussi naturalistes qu'on le pense. Les idées du marchand de guano n'étant guère au-dessus de celles qu'Ida Bonnard avait prises dans la loge de sa mère, ils causèrent, entre gens s'unissant pour le bonheur d'une malheureuse jeune femme égarée, qu'il s'agissait de faire rentrer dans le vrai chemin.

Avec la meilleure foi du monde, il fut convenu qu'Ida se devait enfin de faire appel à son autorité, « pour ne point laisser plus longtemps compromettre un avenir tout plein des plus réelles espérances ».

La tête montée, l'œil encore allumé par les beautés de *la Buveuse de Perles*, monsieur Cambrelu stipula les plus rayonnantes promesses.

Pourtant il lui restait un point sombre.

— Mais, dit-il, elle est peut-être avec cet artiste qui l'a peinte en Cléopâtre... Car, avoir posé ainsi, ça me paraît louche.

— C'est possible !... répliqua carrément madame Bonnard en femme de tête. Mais je pense que, cette fois-ci, elle comprendra qu'il faut au moins qu'elle s'arrange... pour que ça n'empêche pas sa position.

Cette idée d'un accommodement ingénieux n'agréa point du tout à M. Cambrelu.

— Oh ! non, non ! ça ne me va pas ! s'écria-t-il vivement. Tu sais, pas de petites liaisons dans la cantonade ! Je ferai bien les choses, mais j'en veux pour mon argent !

Là-dessus, le plan concerté, il fut convenu que l'œuvre de salut serait abordée le jour même, au moyen d'une rencontre au théâtre, qui semblerait l'effet du hasard.

— Je t'enverrai une loge pour les Variétés, sans que cela ait l'air de venir de moi. Et, pour ne pas l'effaroucher, je ne viendrai que sur les neuf heures, comme si, apercevant là ton mari, j'avais à lui parler d'une affaire.

III

Ida Bonnard s'en retourna les pieds dans la crotte et la tête dans le ciel, grisée d'espérances et de rêves. *La Buveuse de Perles,* en lui donnant en quelque sorte une vision plus nette de la beauté de sa fille, dégagée de la vie d'expédients et de gêne qui voilait son éclat, avait monté son imagination non moins que celle de M. Cambrelu. Ainsi mise au point dans ses habits de reine, l'image si fidèlement reflétée lui était apparue rayonnante de toute sa gloire. Son orgueil de mère triomphait, même aux yeux de M. Bonnard.

Comme elle arrivait chez elle, le portier lui remit une enveloppe qui contenait le coupon de loge déjà loué pour les Variétés. A six heures, l'homme d'affaires revint au logis; à son air, elle devina que les choses marchaient bien.

— C'est fait?... demanda-t-elle.

— J'ai le traité de vente en blanc dans ma poche, répondit M. Bonnard. Vingt-cinq mille francs... Mais, comme le peintre ne demande pas mieux que de se faire coter le plus cher possible, il est convenu que nous porterons vingt-huit mille, et que les trois mille de surplus seront pour moi.

— Mais Cambrelu t'avait dit qu'il irait jusqu'à trente mille...

— Bête, il faut bien que j'aie l'air d'avoir marchandé pour assurer l'affaire. A trente mille, Cambrelu aurait peut-être tergiversé, et Blumenthal nous l'enlevait demain.

— Et, à lui, Blumenthal?... qu'est-ce que tu lui diras?

— Je viens de chez lui pour lui annoncer que je suis arrivé trop tard avec ses malheureux vingt mille, et que le tableau était déjà vendu... J'ai tout entendu avec le peintre, qui est enchanté de le coller avec une offre d'amateur, de dix mille au-dessus de la sienne. Il a fait un nez! — Là-dessus, je vais lui compter vingt francs de vacation pour ma course.

— Et Catherine?... dans tout cela, as-tu essayé
de savoir ce qu'il y a?... demanda Ida, abordant
un tout autre ordre d'idées, qu'il comprit au
premier mot.

— Oh! il n'y a rien de rien! car tu penses si
j'ai fait causer mon artiste, qui ne pouvait se
défier de ma curiosité. J'ai demandé indifférem-
ment, comme pour l'amateur, si c'était le portrait
d'une personne connue. Il m'a dit que c'était une
madame Catherine Surville, une amie de sa femme,
et qui donne des leçons de piano à ses enfants.

Ida eut un soupir d'allègement. A son tour,
elle racontait sa bonne nouvelle du côté de Cambrelu, et la partie de théâtre projetée, quand un
coup de sonnette retentit.

— La voilà! dit-elle; motus!

Bien qu'elle n'apparût point dans ses atours
de déesse, la fille d'Ida Bonnard, en son simple
costume de mortelle, avait bien, en effet, cette
sorte de grâce étrange que sa mère estimait
comme le signe révélateur d'une origine illustre;
avec sa robe de laine noire unie à col blanc rabattu et sa mante sans ornements, qui dénonçait la pauvreté, elle avait encore vraiment l'air
de descendre d'un nuage.

Grande, souple, des mouvements d'une naturelle harmonie mêlée d'indolence imprimaient à sa démarche une rare distinction. Ses grands yeux noirs veloutés, aux regards à la fois profonds et naïfs, son teint de jeune lady, dont pas un grain de poudre de riz ne salissait la fraîcheur printanière, animaient l'expression de son visage. Il y avait en elle de la Phryné et de l'enfant...

Telle qu'elle était enfin, enveloppée de son attrait bizarre, il était impossible, en la voyant, de ne point ressentir une singulière impression.

Sans s'apercevoir d'un accueil de tendresses inusitées qui eussent pu dénoncer des préoccupations maternelles, non plus que de certaines avances au contraire plus ouvertes de son beau-père, à l'ordinaire peu engageant, elle embrassa son enfant, qui était accouru se pendre à son cou; puis, voyant le couvert mis, elle détacha lentement son voile et défit son chapeau.

— Je suis en retard... dit-elle d'une voix qui semblait un timbre d'or.

Cette voix avait un éclat juvénile d'une pénétration étrange, une plénitude de son à la fois douce et vibrante, d'un charme tout particulier.

Ida Bonnard servit en hâte le potage, oubliant ce jour-là son antienne *sur le renchérissement de tout,* annonçant même un *extra* pour sa fête de naissance.

Les premiers moments du dîner furent presque silencieux, comme une préparation d'escarmouche.

Du haut de son air de princesse, égarée par hasard dans un milieu bourgeois, Catherine mangeait avec cet appétit de vingt ans qui dédaigne les simagrées, et, malgré certain sentiment d'ennui dont, fort souvent, elle avait à se défendre au contact de sa famille, une sorte d'atmosphère plus bienveillante semblait, par aventure, animer pour elle cette chambre froide et nue.

La nouvelle qu'on allait au théâtre l'avait ravie, comme une aubaine rare, en son pauvre train d'existence.

A un moment, interrompant tout à coup le courant de gaieté, M. Bonnard, posant sa fourchette, parut se ressouvenir d'un événement curieux.

— Ah! à propos, s'écria-t-il en s'adressant à sa belle-fille : Catherine, tu ne nous dis pas que l'on a fait de toi un superbe portrait!

— Oh ! ce n'est pas là une nouvelle bien intéressante, répondit-elle avec nonchalance.

— Comment ! pas intéressante ?.. mais il est admirable ! Je l'ai vu à l'Exposition... où j'ai mené ta mère aujourd'hui.

Au ton d'amabilité de son beau-père, Catherine lui jeta un regard défiant.

— Ah ! tu l'as vu, maman ?... reprit-elle. Le trouves-tu bien ?

— Pardi ! c'est d'une ressemblance... ça crève les yeux.

— Oui, je regrette même que l'on me reconnaisse trop.

— Merci, au contraire, ça ne peut que te mettre en vue.

— Oui ; mais mes leçons ?

— Bah ! qu'est-ce que cela y fait ? exclama Bonnard.

— Ah çà ! dis donc, insinua Ida, comment donc est-il arrivé que tu as posé pour ce tableau ?

Catherine rougit jusqu'aux oreilles.

— Parce que je connais la femme du peintre. Il m'a demandé cela comme un service...

— Ce service-là a dû te coûter pas mal de dérangements... Pour toi, qui es si avare de ton temps.

Catherine devina la pensée de sa mère.

— Oh! maman, ne va pas chercher si loin, dit-elle résolument. Puisque tu veux que je te le confesse, sachant que j'étais gênée pour mon terme, il m'a offert de me donner dix francs par séance... Et j'ai accepté; voilà tout.

Ce triste aveu de misère aiguë, bien qu'il parût favorable à ses projets, blessa l'ancienne danseuse au plus vif de son orgueil.

— Alors, c'est tout uniment comme modèle que tu as posé?... s'écria-t-elle d'un ton pincé.

— Pour quoi donc aurais-tu préféré que ce fût?... répondit Catherine en la regardant dans les yeux.

— Allons, allons, laisse-la tranquille! reprit Bonnard intervenant. Elle a fait ce qu'elle a voulu. Nous allons au théâtre, ne nous chamaillons pas! — Un journaliste m'a donné une belle loge de première, il s'agit de se requinquer pour y faire honneur.

A sept heures un quart, reparut Aglaé, sortant de son atelier. A l'annonce de cette fête, elle ne dîna pas, pour être plus tôt prête.

V

M. Cambrelu avait loué la plus belle loge de
face des premières. Quand l'ouvreuse y fit péné-
trer les Bonnard, Ida ne put retenir un mouvement d'orgueil. Elle s'installa sur le devant,
avec un certain fracas, entre Aglaé et Catherine,
toutes deux rayonnantes. M. Bonnard, debout,
se tenait gravement au second rang, promenant
son regard sur l'orchestre; naturellement, ils
étaient arrivés pour le lever de rideau, qu'ils
écoutèrent avec l'attention la plus soutenue. Le
premier entr'acte fut rempli des bavardages
d'Aglaé, qui ne tarissait pas.

Le public commençait à affluer dans les loges
et dans les baignoires, pour la grande pièce
très en vogue et encore neuve.

...enne, s'amusait à contempler ce défilé
...ntes. Ses airs de reine, empreints d'une
...t juvénile, rehaussaient singulièrement la
...té de sa toilette, les lorgnettes se bra-
...t sur elle, longuement... Fraîche, éclatante
...me un bouquet de mai, elle se sentait en
...e et s'amusait de son triomphe avec un
...ment d'enfant, et Bonnard, enchanté de
...cès, le faisait remarquer à sa femme, qui
...gorgeait, toute fière.

...ur dans tous les bas-fonds, il désignait,
...r noms tout court, nombre de gens de
... bourse qui entraient et prenaient

... voilà Craner... et Dutaux... et le

...mmes, suivant ces indications, obser-
...es individus et donnaient leur opinion.
...nnard narrait quelque historiette, des dé-
...affaires, des aventures plus ou moins
...tes.

—Je l'ai connu sans le sou, celui-là, et, à la
...urse, en deux ans, il a gagné deux millions.
...es trois coups frappés pour la grande pièce
...terrompirent ces renseignements précieux. Au

second entr'acte, des messieurs vinrent se poster à l'entrée de la galerie, pour mieux voir la belle Catherine.

— Ils reconnaissent peut-être *la Buveuse de perles*, murmura Bonnard.

Catherine s'abandonnait franchement au plaisir et riait comme une coquette folle. Enfin, vers dix heures, après le second acte, Cambrelu apparut à l'entrée de la loge.

A sa vue, M. et madame Bonnard feignirent l'étonnement. Aglaé aligna vivement ses petits cheveux.

— Ah! monsieur Cambrelu! Comment c'est vous?... s'écria Ida.

Cambrelu salua, sans oser franchir le seuil de la loge.

— Je vous ai aperçu de l'orchestre, répondit-il s'adressant à Bonnard, et, justement, j'ai besoin de vous pour quelques recouvrements difficiles; ne manquez pas de venir me voir demain.

— Mais entrez donc, monsieur, dit l'engageante Ida.

— Oh! je craindrais de vous déranger...

Madame Bonnard eut naturellement raison de cette résistance timide. Cambrelu se laissa faire

enfin, et s'assit derrière Catherine, enchanté de
renouer connaissance, et affectant d'ailleurs de
grands airs réservés, comme pour éloigner tout
souvenir embarrassant de ses intentions un peu
vives d'autrefois, qu'elle avait d'ailleurs ignorées.

Cependant, installé dans la loge, Cambrelu
ne parla plus de partir. Au dernier entr'acte, il
fit apporter des glaces, et offrit à chacune des
trois femmes une jolie boîte de bonbons tout
empaquetée de rubans roses ou bleus. Aglaé se
croyait au ciel.

Tout en voilant ses galanteries sous des formes
discrètes, M. Cambrelu outrait les plus ex-
quises manières d'une façon lourde, exagérée,
qui les tournait presque au comique.

Beau parleur, avec cette blague de loustic qui
empaume toujours les naïfs, il tranchait avec
aplomb sur tous les sujets, arts, théâtres, musique, d'après les racontars des journaux. Il appelait Ida « belle dame » et, naturellement, ne
la tutoyait plus devant son mari.

Le minois chiffonné d'Aglaé eut quelques
compliments ; mais la fine mouche sentait trop
où le frelon visait, et ne se méprenait point à ses
détours de vol, à ses circuits plus ou moins habiles.

Catherine écoutait assez indifférente, recevant le
brutal encens avec cette mine un peu insouciante
qui lui était un charme, répondant du bout des
lèvres.

Au courant de la causerie, le marchand de
guano ne manqua point de faire sonner sa richesse, ses chevaux, son hôtel... Il consulta
même Bonnard sur quelques centaines de mille
francs qui *l'embarrassaient*... ne sachant qu'en
faire... Bonnard donna son avis.

— Enfin, nous causerons de tout cela demain :
venez !

Mais, lorsqu'il fallut fixer l'heure de ce rendez-vous, il se trouva dans un grand embarras.
Toute sa journée était prise par des conseils
d'administration. Il avait de grandes affaires
par-dessus la tête, et ne serait libre qu'à sept
heures...

— Eh bien, à sept heures ! répliqua le beau-
père de Catherine.

— Savez-vous ? Pour plus de sûreté, venez dîner
avec moi, ajouta le millionnaire, ça vaudra mieux.

— Très honoré !... murmura Bonnard.

— Mais je vous invite là, devant ces dames....
reprit Cambrelu en ayant l'air de se raviser, et

ce n'est guère poli. Si elles voulaient bien me faire l'honneur de se joindre à vous... sans cérémonie, en famille.

Ida accepta avec transport.

Catherine demeura hésitante; mais, sur un signe de sa mère, elle n'osa refuser formellement.

Enfin, la pièce achevée, on sortit. Arrivés sur le boulevard, Ida dit adieu à sa fille.

Catherine demeurait rue Laborde.

— Mais c'est très loin !... Et je réclame l'honneur de reconduire madame, s'écria Cambrelu, voici ma voiture...

Cette fois encore, Catherine essaya de se défendre; Ida lui poussa le coude, en faisant les gros yeux, tandis qu'Aglaé contemplait l'équipage à deux chevaux d'un air d'envie.

— Voyons, Catherine, dit madame Bonnard, profite de l'amabilité de M. Cambrelu... Les omnibus me font l'effet d'être au complet.

La jeune femme se décida, et prit place au fond du coupé.

Après un dernier signe protecteur aux Bonnard, Cambrelu monta près d'elle. Le valet de pied referma la portière, et regrimpa sur le siège.

Ils partirent.

Il fallait bien le reconnaître, le marchand de
guano apportait quelque habileté dans son rôle
de séducteur. Tout près de Catherine, dont la
robe effleurait son genou, dans cette demi-obs-
curité qui faisait le mystère autour d'eux, loin
de profiter de cette faveur du tête-à-tête, il
marquait une sorte de déférence mêlée de timidité qui devait apaiser les craintes.

Après quelques paroles insignifiantes, quelques
réflexions banales sur la pièce qu'on venait de
voir jouer, et sur la composition de la salle, il
se mit à l'interroger avec intérêt sur sa situation,
qu'il feignait d'ignorer absolument.

— Je ne savais pas que vous étiez mariée!...
dit-il. Je viens de l'apprendre par votre mère.

— Il y a cinq ans.

— Votre mari, que fait-il?...

— C'est un chimiste, il est en Amérique.

— En Amérique?... Oh! mais c'est presque
un veuvage.

— Oui, répondit-elle, ne se souciant pas d'a-
vouer sa séparation.

— Vous n'avez qu'un enfant?

— Oui, un petit garçon de quatre ans, qui
reste chez ma mère.

— Ça doit vous ennuyer d'avoir votre mari si loin?

— Oui.

— Est-ce qu'il doit rester longtemps absent?

— Non.

La causerie se traîna ainsi jusqu'à la rue Laborde. Quand ils eurent atteint la maison de Catherine, Cambrelu descendit pour lui donner la main.

Puis, après qu'il eut sonné, la porte s'étant ouverte, il la quitta avec un grand salut respectueux.

V

A père avare, fils prodigue! disait autrefois
la sagesse des bonnes gens. Mais le théâtre et
le roman à sensations ont changé tout cela.

D'après les moralistes à la mode, ayant entendu parler de Darwin, dont ils ont pris à re-
bours la doctrine de progrès, *l'hérédité du vice*
est redevenue pour nous la fatalité antique ;
agissant seule, prédominant dans tout, annulant
jusqu'à cette domestication continue de la brute,
qui constitue la base du système, et qui, chez
la bête humaine, s'appelle l'éducation.

Où Darwin conclut à l'élimination forcée du
mal, contraire à l'essor des races ; la littérature
scientifique démontre la pourriture finale de
l'humanité, d'où il résulte *très logiquement que,*

suivant cette admirable loi de certains psycho-
logues qu'il ne faut pas confondre avec le savant anglais, l'ancêtre commun arrivé le premier à l'honneur d'être singe, eût dû retourner
bien vite à reculons, pour ne produire qu'une
descendance de singes et demie...

Confessons-le en toute humilité, la fille d'Ida
Reynach n'avait rien d'une de ces héroïnes naturalistes, marquées dès leur procréation du
sceau maudit d'un implacable destin. Pour
être du sang de danseuse, le sang qui courait
dans ses veines ne différait aucunement de celui
d'une duchesse. Issue de deux êtres jeunes, sains
et beaux, elle était saine, belle et bien venue,
sans que l'irrégularité résultant de l'absence
d'un maire, dans les liens trop fragiles de ses
auteurs, eût influé sur sa naissance.

Fille d'un lord vingt fois millionnaire, elle
avait fait son entrée dans le monde, toute nue,
apte au bien autant qu'au mal, selon que
les circonstances, le milieu, l'éducation la met-
traient, comme toute autre créature humaine,
en lutte avec les passions et avec les chances du
sort.

Placée dans un grand pensionnat de Genève,

3

cité paisible où Ida Reynach, d'origine suisse, avait quelques parents, son adolescence s'était écoulée au milieu d'enfants de familles honnêtes et aisées ; ne voyant que deux fois par an sa mère, dont elle ignorait tout. Douée d'une imagination vive, d'un cœur aimant, aux sources d'une instruction supérieure à celle de nos filles, respirant l'atmosphère pure des faciles vertus familiales, Catherine Reynach était, à dix-sept ans, le naturel produit d'une solide éducation, ni plus ni moins que si elle eût été le fruit légitime et correct de deux descendants des croisades, ou d'une paire de bourgeois de la rue Saint-Denis.

Précoce, bien formée, d'une santé de montagnarde, l'esprit et le cœur ouverts, c'était tout simplement une belle fille avec des grâces encore helvétiques et légèrement rougeaudes, prête à recevoir l'empreinte du bien ou du mal, selon ce que lui réserverait l'exercice de la vie. Ce fut en plein dans cet essor printanier, toute prête à ouvrir ses ailes d'ange, que, rappelée un beau jour, elle tomba chez sa mère ; trouvant dès ses premiers pas la misère et un milieu flétri, dont elle ne comprit point d'abord les idées, singu-

lièrement avancées pour une pensionnaire gene-
voise.

C'était une éducation nouvelle.

Trop ingénue pour suspecter en rien les principes maternels, apportant aux choses dévoilées
cette curiosité de fille d'Ève toute fière de se découvrir femme, elle crut le monde ainsi fait.

Pour la mettre en passe de devenir princesse,
Ida Bonnard résolut tout d'abord d'en faire une
grande artiste. Catherine, déjà très bonne musi-
cienne, entra au Conservatoire, ce qui ébaucha
naturellement son émancipation.

Mais il se trouva que, si intelligente et si
bien douée qu'elle fût, la fille du lord n'avait
rien de l'aplomb ni de la volonté qu'il faut au
théâtre. Sa voix trop peu robuste pour le chant,
on s'était rabattu sur la comédie, lorsque, au
bout de deux ans, il fallut bien s'avouer que
toute espérance de gloire scénique était vaine.

Catherine avait alors atteint ses dix-neuf ans.
Admirablement belle, avec ces airs de jeune
déesse qui trahissaient sa lignée ; sans qu'elle s'en
doutât, sa mère tenait en mains pour elle un
superbe avenir, déjà presque décidé avec
M. Cambrelu ; lorsque l'objet de tant d'espérances

tourna mal tout à coup, en s'éprenant imprudemment d'un jeune chimiste du nom bourgeois de Victor Surville, qui demeurait dans leur maison.

Ida Bonnard n'avait jamais soupçonné que sa progéniture pût égarer son cœur au profit d'un garçon n'ayant pour toute richesse que l'espérance et son travail. Elle jeta les hauts cris à l'idée d'un mariage qui mettait à vau-l'eau tous ses rêves.

Mais les jeunes gens s'aimaient. Il y eut de terribles luttes...

Que peut la raison sur des amours de vingt ans? On sait comment l'esprit vient aux filles. Les plus sages préceptes ont leur envers, et qui sème le vent recueille la tempête. Catherine, trop bien préparée par sa mère à des principes tout particuliers, trancha d'elle-même la question au profit de son cœur, et disparut un beau matin avec celui qu'elle aimait.

Ce fut une catastrophe. A son retour, Ida la maudit... Après quoi, devant un de ces résultats mûrissants dont l'évidence saute aux yeux, il fallut bien consentir à couronner la flamme de deux amants naïfs si bien intentionnés.

On les maria.

Ce que fut le bonheur des jeunes époux, qui-
conque a jamais aimé se l'imagine... Victor
Surville avait vingt-cinq ans. De bonne ·fa-
mille, charmant, distingué, en plein dans ce
courant jeune et militant de la science et des
arts, laborieux avec ardeur, et ambitieux de
gloire et de fortune, il s'était même déjà fait un
nom par quelques travaux heureux.

Catherine se trouva donc tout à coup trans-
portée dans un petit cénacle d'intelligences
d'élite qui revivifia son esprit déjà cultivé, et
la rattacha à des notions plus hautes. Ce fut une
sorte d'éducation esthétique qui fit d'elle une
artiste. Mais, en élargissant ses idées, ce train
de camaraderie avait ses écueils. Animée, originale, une imagination folle, libre comme un
garçon, avec une étrange faiblesse de caractère,
se grisant de louanges, et toujours la proie de
l'heure, son mari l'appelait *la linotte*. Trop belle
enfin pour traverser, sans exciter des convoi-
tises, ce monde vibrant où sa nature étrange
soulevait des admirations enthousiastes, elle
était aussi trop femme pour ne point ressentir
l'orgueil de ce joli prestige qu'elle exerçait sans

défiance, avec cette coquetterie naïve de toute jeune épousée sûre d'elle-même, et qui se délecte à jouer avec le feu. Ce triomphe dura deux ans...

Par malheur, retenu par des travaux, au moyen desquels il réussissait à doubler le budget du ménage, Victor Surville laissait de longues journées oisives à cette inexpérience, avide de sensations neuves et mal équilibrée pour la vie.... Il est des heures troubles où la raison chancelle et dont le péril imprévu n'apparaît qu'alors qu'il est trop tard pour le fuir. Ce fut, une fois de plus, pour l'infortunée Catherine, l'histoire rebattue d'une imprudence de pitié, une passion à consoler, une de ces surprises étranges où tant de femmes succombent.

Approfondisse qui voudra ce chapitre des inconséquences humaines ; en plein bonheur, adorant son mari, en un jour terrible et néfaste, elle se réveilla d'une abominable chute sans pouvoir même se l'expliquer. Elle était perdue, voilà tout. Sa première pensée fut tout à l'épouvante ; puis, comme il arrive toujours, sous la crainte qu'un acte de folie de son complice, qui ne valait pas grand'chose, n'amenât un éclat, il lui fallut continuer, aggraver sa faute, se cacher et mentir et ruser... Ce à quoi elle réussit si mal, égarée par son manque de toute raison, qu'elle se livra pour ainsi dire elle-même, crevant les yeux de l'infortuné qu'elle trompait, et qui découvrit tout.

Un duel dont les causes demeurèrent ignorées s'ensuivit.

Victor Surville tua l'amant, et sans même revoir sa femme, affolée de ce qu'elle avait fait, il partit pour l'Amérique.

VI

Deux années avaient passé sur cette séparation. Catherine, encore mal revenue de son désespoir, prenant la vie au jour le jour, avec l'incurie d'un enfant, aimant et regrettant son mari, s'étourdissant sur son abandon.

Sans autre ressource que le maigre produit de ses leçons de piano, et vendant un à un ses bijoux, et tout ce qui avait quelque prix, elle en était arrivée finalement à se débattre dans la plus âpre gêne, lorsque, le lendemain de la représentation des Variétés, sa mère tomba chez elle de grand matin avec l'enfant.

Catherine habitait, au cinquième étage, deux petites pièces, ornées des restes de son ancien mobilier de ménage : une chambre à coucher et une sorte de salon qu'un beau piano décorait presque à lui seul.

Mais, dans cette installation modeste, elle avait apporté son goût personnel, cet instinct d'élégance qui rehausse et pare la pauvreté même. Tout était propre, rangé, net, avec cette pointe de coquetterie féminine qui harmonise si bien le cadre à la personne.

La détresse pourtant se lisait à livre ouvert dans les moindres détails du logis. Au dossier du divan usé, un lé d'étoffe de soie, attaché avec des épingles, dissimulait mal les éraflures. Des vases à fleurs, vides, éveillaient une impression de nudité, d'abandon et de tristesse.

Catherine avait pris son enfant sur ses genoux et jouait avec lui en le couvrant de baisers.

— Tiens!... qu'est-ce que tu as donc fait de ta pendule? demanda Ida en regardant la cheminée.

— Je l'ai envoyée chez l'horloger, répondit Catherine embarrassée; elle n'allait plus!

— Oui, je la connais!... Ton horloger, c'est *ma tante!..* Il fera chaud quand on la reverra!... Enfin!

— Mais ça n'est pas tout ça, reprit-elle tout à

3.

coup, je viens m'entendre avec toi pour aller ensemble au dîner de M. Cambrelu.

— Mais, maman...

— Oh ! il n'y a pas de « mais maman ! »... Nous avons besoin de M. Cambrelu, et tu ne vas pas, sans motif, lui faire une malhonnêteté qui le blesserait ; il retirerait ses affaires à M. Bonnard.

Ne voulant point entamer certaines discussions avec sa mère, Catherine céda.

Ida partit enchantée.

Le soir, à sept heures, la famille Bonnard arrivait rue de l'Université, chez le marchand de guano.

L'hôtel Cambrelu, monumental et superbe, ancienne demeure d'un haut financier du premier Empire et de la Restauration, était précédé d'une cour grandiose où s'ouvraient les communs. Le fiacre s'arrêta devant le large escalier de marbre d'un péristyle à colonnes.

Le cocher payé, M. Bonnard offrit le bras à Catherine pour monter les marches.

Quatre valets poudrés se tenaient dans l'antichambre.

Du premier coup d'œil, il était aisé de voir

que le maître du lieu avait fait étalage de ses ma-
gnificences. Les gens en grande livrée, les lustres
allumés, comme pour une réception de gala, tout
révélait l'arrière-pensée de séduire, en éblouissant.

Ce faste de parvenu, où l'on sentait surtout
l'ostentation d'une large dépense, tranchait étrangement avec les toilettes pauvres des convives
traversant les salons d'apparat.

Ida, endimanchée, se redressait fièrement, comme si elle se fût déjà sentie chez elle au milieu
de cette opulence. Aglaé, avec des mines curieu-
ses et émerveillées, regardait tout, observait tout
de cet œil en coulisse qui faisait dire, à l'atelier,
qu'elle voyait par derrière sa tête. Catherine, au
contraire, dans sa pauvre robe noire dessinant
ses belles formes si élégantes et si pures, gardait
sa grâce indifférente.

A son entrée, Cambretu, ayant plus que jamais
sanglé son gros ventre, s'inclina devant elle comme il l'eût fait devant une châsse.

— C'est aimable à vous, madame, lui dit-il,
non sans quelque gaucherie dans son affectation
grand genre, d'avoir bien voulu honorer de votre présence mon vieux nid de garçon.

Elle répondit quelques mots de politesse, et

il la conduisit à un délicieux fauteuil, dont la broderie seule fut estimée cinq cents francs par Aglaé.

— Est-il possible, dit la fleuriste à l'oreille d'Ida, qu'il y ait des gens capables de se payer des sièges d'un pareil prix.

On s'assit en cercle. Les Bonnard pourtant étaient intimidés. La causerie s'engagea, d'abord un peu froide et guindée, comme dans le monde. Mais bientôt Aglaé, qui ne pouvait tenir en place, s'étant approchée avec envie d'une jardinière admirablement garnie :

— Ne vous gênez pas, lui dit Cambrelu, fourragez là dedans comme bon vous semble !... Ça vient de mes serres...

Elle obéit avec un petit cri de joie. Le millionnaire l'aida alors à composer des bouquets *pour ces dames*... Ida planta un camélia dans ses cheveux.

Enfin, un maître d'hôtel, grand, beau, correct, ouvrit solennellement la porte de la salle à manger, et, d'une voix forte et grave, laissa tomber ces mots :

— Monsieur est servi.

Toujours fidèle à son rôle de prudence, Cambrelu offrit cérémonieusement la main à ma-

dame Bonnard avec les façons de cour usitées au
théâtre, Catherine suivit avec son beau-père,
Aglaé fermant la marche.

La salle à manger était la grande merveille
de l'hôtel Cambrelu. La table éblouissante resplendissait, surchargée des pièces d'orfèvrerie
pesantes d'un surtout célèbre de Clodion,
représentant « le triomphe de Vénus ». Le
service de sèvres, les cristaux scintillants parmi
les fleurs. Ce fut un coup d'œil magique.

On prit place.

Le menu, encadré dans de petits passe-partout
d'or, parut fabuleux aux Bonnard. Ils commen-
cèrent alors une de ces fêtes du ventre dont on
garde l'éternel souvenir. Cette chère fine, ces
vins d'amateur les jetèrent bientôt dans une
extase béate.

Ils mangeaient et buvaient à surprendre, presque à inquiéter. Comme par condescendance, le
délicat amphitryon, les laissant en colloque
avec leurs assiettes, parlait à Catherine, placée à
sa gauche.

Quoique la fille d'Ida fût une nature presque
supérieure, très certainement cette atmosphère
de luxe caressait en elle ses instincts d'élé-

gance. Elle se sentait bien devant cette table
fastueusement ornée ; sous la profusion des
lumières, ses yeux ne rencontraient que de belles
choses. Ravie comme une enfant, elle souriait
doucement et répondait à Cambrelu de sa voix
chantante.

La causerie était indifférente, touchant à tout.

Aglaé buvait du champagne en sorbet avec
des délectations drôles. La gêne fut enfin rompue et la gaieté succéda aux affectations de tenue
et de poses, que la présence du maître d'hôtel
et des gens avait entretenues jusque-là. Au dessert, les têtes montées, Cambrelu porta un toast
à « la Buveuse de perles », qui fut accueilli par
des hourrahs.

Ida, devenue très bavarde, avait des atten-
drissements, des abandons où elle laissait déborder toutes les tendresses de son âme de mère.
En cet instant surtout, elle rappelait la haute naissance de Catherine... Puis sa joie se fondit tout
à coup dans les regrets, les espérances, les conseils; tout cela se mêlait dans un langage diffus,
accompagné de gestes absolument désordonnés.

Pauvre enfant! cette petite robe noire faisait
mal à voir... Quand il y avait des créatures de

rien qui se promenaient dans des robes de cinq mille francs et plus ! Elle, à l'âge de sa fille, elle avait son palais à Naples... Et la pendule de Catherine était au mont-de-piété. Et pourtant, si elle voulait !... Mais tout le monde n'a pas de raison. Les parents sont souvent bien malheureux !... Avec l'éducation d'une princesse du sang, la fichue bête avait voulu se marier... Et elle restait avec un enfant sur les bras, n'ayant rien que ses leçons de piano... Elle! la fille d'un lord !...

Ida soupirait, larmoyait presque, tout en lampant au hasard dans un des huit verres placés devant elle.

— Ah! ajouta-t-elle, à vingt-quatre ans, il fallait me voir, moi ! Et mes voitures et mes chevaux, et des toilettes, et des bijoux !... Mais j'avais su me conduire, voilà !...

A ces grands souvenirs de sa femme, Bonnard se rengorgeait tout pensif. Aglaé écoutait, approuvant de la tête, son regard allant de Catherine à Cambrelu, dont elle avait saisi le manège.

Quant à la fille du lord, bien qu'accoutumée à ces discours de sa mère, elle restait embarrassée et froissée, son beau front rougissant à ces remontrances singulières.

Mais Cambrelu intervint bientôt pour prendre sa défense.

— Voyons ! voyons ! dit-il, ne faites pas de reproches à madame votre fille. Eh ! mon Dieu, il faut respecter tous les préjugés !.. C'est les romans à grands tralala qui entretiennent ces bêtes d'idées !.. Comme si, dans le monde, ça avait la moindre importance pour une femme, ou pour une jeune fille, de prendre un amant... Ça se fait dans toutes les familles !.. Et les auteurs vous inventent des histoires sur une chose aussi simple !..

— Si ça ne fait pas suer ! exclama Ida. Ah ! c'est vous, monsieur Cambrelu, qui auriez été un bon mari !... Et que madame votre épouse aurait pu se dire heureuse !.. Vous auriez certainement inculqué ces bons principes-là à mademoiselle votre fille, vous !... Tandis que moi...

— Allons, allons, reprit Cambrelu acceptant ce compliment d'un air paterne, rien n'est encore perdu pour madame Surville, et ce n'est pas à son âge qu'il faut déjà désespérer.

Ida, réconfortée par cette assurance, se décida à s'apaiser. Elle but un verre de château-iquem

qui changea le cours de ses idées, et elle re-
doubla ses effusions envers son aimable hôte.

On passa au salon pour le café. Lorsqu'il fut
servi, Cambrelu donna l'ordre aux domestiques
de ne point enlever les liqueurs ; après quoi, la
soirée commença au hasard des émotions.

Ida Bonnard, avec l'idée fixe de ménager à
sa fille un tête-à-tête galant, allait s'asseoir à
l'écart, de place en place, appelant Aglaé et son
mari, disant sans plus d'adresse :

— Laissez-les donc causer, ces enfants!

Enfin, à un moment, Cambrelu pria Catherine
de se mettre au piano. Il assura qu'il était fou
de musique. Heureuse de cette diversion, elle se
leva et joua une fantaisie de Chopin. Sans être
une virtuose de concert, elle avait un talent fait
surtout d'expression et de grâce. Cambrelu paraissait sous le charme, dodelinant de la tête,
et battant la mesure à faux.

Quand elle eut achevé, il la complimenta cha-
leureusement.

—Mais vous, vous chantez, monsieur Cambrelu,
dit Ida.

— Bah ! je chantonne, répondit-il modeste-
ment.

— Oh ! vous avez une si belle voix.

Cambrelu se laissa prier, comme il convenait.
Mais, cédant enfin aux insistances pressantes des
Bonnard, il feignit de chercher dans un tas de
morceaux, en prit un qu'il plaça sur le pupitre,
devant Catherine, pour qu'elle l'accompagnât,
Puis, s'étant de nouveau excusé, il commença
en grasseyant horriblement la romance de la
Favorite :

Pour tant d'amour, ne soyez pas ingrate.

Dès les premiers sons, ce fut une surprise
étrange. Comme il n'avait aucune notion de musique, la pauvre Catherine avait une peine infinie pour suivre ce rythme décousu ; malgré le
malaise qu'elle éprouvait d'être là, elle était forcée
de se pincer les lèvres pour ne pas rire.

A un moment surtout, son regard s'étant
levé, elle aperçut le roi Alphonse mimant des
expressions de physionomie, et la foudroyant
d'un air fascinateur, la main sur son gilet, la
bouche en cœur et les yeux tout ronds... Elle retrouva pourtant assez de sang-froid pour le com-
plimenter.

Ida se pâmait, et Bonnard applaudissait à tout

rompre. Douée de ce sens parisien qui saisit si bien le ridicule, Aglaé étouffait dans son mouchoir. Cambrelu, enchanté, convaincu de son triomphe, renouvela l'épreuve et choisit pour second morceau le *Madrigal* de Gounod, qui était son cheval de bataille :

Déesse ou femme, ange des cieux.

Ce fut le dernier coup...

Cette voix terne et falotte sortant de ce gros ventre, et accompagnée de gestes tendres, était d'un effet inénarrable. Aglaé se roulait... Puis, succéda une chansonnette comique... c'était à croire qu'il ne s'arrêterait plus...

L'heure de la retraite ayant enfin sonné, on quitta le piano. Il était plus de minuit. Cambrelu, qui n'avait soufflé mot de ses soi-disant recouvrements, emmena un instant, dans un coin du salon, Bonnard, lequel lui avait envoyé, le matin, le contrat pour l'achat de *la Buveuse de perles*.

Cambrelu le lui rendit tout signé.

— J'ai fait atteler pour vous reconduire tous, dit-il à Ida, qui mettait son chapeau.

Puis il remercia particulièrement Catherine

de la faveur qu'elle avait bien voulu lui accorder, et ajouta avec chaleur, sur un ton déclamatoire plein d'intentions :

— Madame, rappelez-vous que vous avez un ami, sur lequel vous pouvez compter, en toute circonstance.

— Ça marche ! ça marche ! dit Ida à son mari comme ils descendaient le perron.

— Ah ! elle n'a pas l'air de s'y prêter beaucoup.., répondit-il en secouant la tête.

— Bon, faudra voir, je suis là, ajouta-t-elle.

Dès cette heure, fut posée, pour eux, la grande affaire Cambrelu.

VII

En dépit d'une nuit lourde, et d'une indigestion prévue qui avait affecté tous les Bonnard,
rue de Lancry, le lendemain matin à neuf heures,
Ida accourait chez sa fille.

Elle avait pris pour cette circonstance un air
rêche et compassé.

— Tu n'as pas amené le petit? lui demanda
Catherine.

— Non, j'ai des courses à faire, il m'aurai
gênée. Et puis ce n'est pas tout ça, nous avons
à causer.

— Qu'arrive-t-il?

— Il arrive qu'il est temps de prendre un
parti !.. Je viens te dire que M. Bonnard trouve
que voilà assez longtemps que nous faisons des

dépenses qui ne nous regardent pas, et qu'il ne veut plus garder l'enfant chez nous. Ainsi il faut que tu t'arranges pour le reprendre avec toi.

— Tu me le rends ? Mais comment ferai-je pour mes leçons ?

— Ça, ce n'est pas notre affaire !.. Comme on dit : « Chacun pour soi !.. » Tu n'as qu'à t'entendre avec ta femme de ménage, ou à te procurer une domestique...

— Une domestique !.. Et comment pourrais-je la payer ?.. Tu sais bien que j'arrive avec beaucoup de peine à vivre toute seule des cent trente francs que je gagne par mois, avec mes deux pensions, et mes élèves en ville.

— Qu'est-ce que tu veux que je te dise ?... Ce n'est pas notre faute si tu ne sais point t'arranger... Tu as voulu te marier, n'est-ce pas ?... Et Dieu sait si j'en ai pleuré toutes les larmes de mon corps !... Enfin, je suis ta mère, et tu peux compter que je t'aimerai toujours, malgré tout... Mais, pour le moment, M. Bonnard ne veut plus. Nous avons aussi tout juste pour nous.... C'est son droit, bien sûr !.. Surtout quand il avait compté que tu ne pouvais pas manquer d'enrichir ta mère, avec l'éducation que tu avais reçue,

et qui devait nous donner des satisfactions... Et
il se trouve au contraire que c'est nous qui sommes
obligés de t'aider... Pour un honnête homme c'est
dur !... Et, s'il ne savait pas tout ce que j'ai fait,
et que tu n'as jamais voulu m'écouter, il pourrait
dire que je l'ai trompé en l'épousant. Le pauvre
homme, il ne me le reproche pas !... Mais voilà
dans quelle fausse situation tu as mis ta mère.

Catherine écoutait, accablée, comme dans un
mauvais rêve.

— Voyons, dit-elle anxieuse, maman, est-ce
que c'est sérieux, ce que tu me dis ?

— Oh! ma chère, il n'y a même pas à y
revenir.

C'était là un coup terrible contre lequel l'infortunée Catherine se sentait impuissante à lutter,
à réagir. Que faire ?... Elle savait qu'elle n'avait
rien à espérer de la résolution de son beau-père,
que rien ne la pourrait fléchir, que toute instance
serait inutile.

— Dame, je comprends que c'est triste, reprit Ida. Mais qu'est-ce que tu veux ! tu n'as pas
de raison. A ta place, il n'y a pas une femme
qui ne saurait se retourner... Je ne te parle pas du
chagrin de ta mère de voir que tu as vendu ta

pendule... Et tout va sans aller... Et puis qu'est-
ce que tu deviendras ?.. Je te le demande...

Pendant un instant encore, madame Bonnard
s'appliqua à démontrer toute l'horreur de la situation. Pas un point noir qui ne fût signalé...
Au bout, enfin, de son rouleau de plaintes :

— En attendant, continua-t-elle, il va falloir
payer ton terme... Je sais bien que tu n'as qu'à
l'emprunter à M. Cambrelu, qui t'a dit hier de
compter sur lui comme sur un ami.

Elle s'arrêta sur ces mots. Catherine ne répondit pas. Madame Bonnard, ayant jeté son
amorce, poussa un profond soupir et, avec cette
superbe inconscience de mère de théâtre, issue
d'une loge de portière, elle partit dans les aperçus de sa philosophie toute particulière ; *pour
parler enfin raison.*

— Ah! reprit-elle, si tu avais voulu dans le
temps! c'est lui, Cambrelu, qui t'en aurait fait une,
de position !... Un homme qui n'a rien à lui
quand il aime une femme, et qui a des mille et
des cents à la Banque de France... Mais qu'est-ce
que tu veux, ma pauvre fille, tu n'as pas écouté
ta mère... Certainement que ce n'est pas un
homme à monter l'imagination. Il n'est plus

jeune, mais il n'y a que les bêtes qui regardent
à ces choses-là... Et qu'est-ce que l'on pourrait
lui reprocher ? Quand un homme a des manières
comme celles qu'il avait hier avec toi, c'est bien
là qu'on peut être sûr qu'il a tout ce qu'il faut
pour rendre une femme heureuse... Car, il n'y a
pas à dire, on ne saurait pas en faire plus pour
une princesse... et tout cela certainement parce
qu'il te considère comme la fille d'un lord...
M. Bonnard en était aussi fier que moi, et il me
l'a bien dit dans la voiture : « Ah ! ce n'est pas
mon Aglaé qui aurait été si bête !.. » Moi, j'ai été
forcée d'avaler ce reproche-là.

Catherine ne répondant toujours rien, Ida jugea
que le moment était venu d'en arriver à démasquer son attaque. Et, prenant la main de sa fille,
comme pour user d'une plus tendre persuasion :

— Voyons, ma petite, tu sais si je suis une
bonne mère, n'est-ce pas?... Eh bien, toute
cette belle fortune-là pourrait encore se réaliser.
Ça ne dépend que de toi... Il n'y a pas à lever
les épaules... Je sais ce que je te dis. — Puisqu'il
faut te mettre les points sur les *i*, si je suis
venue ce matin, c'est que M. Cambrelu m'a
parlé : voilà la chose.

4

— Il t'a parlé de moi ?

Ida eut un regard de mère rayonnante et ravie d'apporter une heureuse surprise. Précipitant cette fois ses paroles coup sur coup :

— Il a vu ton portrait à l'Exposition, il est amoureux fou de toi. Il offre de te faire une position comme il n'y en a pas une à Paris... Et, tu sais, ça, ce n'est pas du vent !.. C'est à moi-même que, en homme délicat et en homme comme il faut, il est venu faire ses propositions. Si tu n'es pas une bête, il ne tient qu'à toi de rouler équipage, et d'avoir ton hôtel au lieu de droguer la faim...

» D'abord, reprit-elle, je te le dis : tu n'a plus à compter sur nous. Et, quand tu auras fini de vendre ce qui te reste, tant pis pour toi !... Là-dessus, je pense que, comme tu aimes ton enfant, tu auras cette fois assez de raison pour ne pas refuser de lui faire une fortune ; parce que, vois-tu, il n'y a que ça !... Ne me réponds pas... Je me sauve pour te laisser à tes réflexions... Si tu aimes ta mère, tu n'as plus qu'à le prouver.

Et, sur ces mots, prononcés d'un ton digne, elle se leva et partit.

VIII

Fragility : thy name is woman, a dit Shakes-peare.

Depuis ce grand poète, il n'est point de romancier qui n'ait disserté à perte de vue sur la Femme, et, certes, nul moraliste patenté n'a rien découvert de plus profond que cet axiome d'Hamlet, résumant tout de cet être ondoyant et divers, et si terrible, et si charmant ; tour à tour encensé, calomnié ; hissé sur les nuages, ou traîné dans la boue.

Catherine était femme, et c'était ce que d'elle on pouvait dire de plus scientifique et de plus expérimental, en sa nature heureuse et droite, le bon dominait le mauvais.

Douée d'une intelligence rare, d'un cœur vrai,

elle avait, comme beaucoup de femmes nées pour
le bien, l'adorable faiblesse de caractère d'une
enfant, et cette faiblesse même était, comme
chez bien d'autres, sa principale grâce. Toujours
prête aux enthousiasmes; mais sans raison pour
les choses de la vie, son sens moral avait été
faussé trop subtilement par sa mère, pour qu'elle
éprouvât la moindre surprise d'un langage
auquel elle était trop accoutumée.

Cependant, restée seule après ce terrible entretien, elle eut comme la vision nette d'une catastrophe de sa vie arrivée à son état aigu.

Elle devina tout de ce qui, depuis deux jours,
se passait autour d'elle, et elle s'étonna de
n'avoir point, dès le premier pas, pénétré là un
complot. La rencontre fortuite au théâtre, et l'arrangement de ce dîner d'apparat extraordinaire,
ne pouvaient plus lui laisser de doute sur un
dessein prémédité de l'attirer dans une sorte de
piège. La proposition catégorique de sa mère,
appuyée d'une déclaration formelle du renvoi de
l'enfant la laissa pourtant presque atterrée. Dans
l'état de ses rapports avec son beau-père, elle
savait trop que ce n'était point là une menace
vaine.

En dépit de cette insouciance au jour le jour
qui était le fond de ce caractère, n'écoutant
guère que la fantaisie du moment, tout en se
leurrant toujours par les résolutions les plus
vraiment sages, toujours remises au lendemain ;
à cette heure de brusque réveil, face à face
avec sa situation plus que précaire, il lui fallut bien enfin se demander ce qu'elle allait devenir...

Vivre elle et son enfant du peu qu'elle gagnait,
n'ayant même plus cette ressource de dîner
chez sa mère, il n'y fallait point songer... Eût-
elle eu l'énergie du travail, l'obstacle se dressait
devant elle de tous côtés.

Que faire ? que tenter ? Elle était sous le coup
d'une expulsion pour n'avoir point encore payé
son terme...

Instruite et pourvue de diplômes, dans ses moments lucides, elle avait pensé vaguement, parfois, à se faire institutrice dans quelque grande
maison ; mais c'était là une des ces résolutions
passagères, par lesquelles elle trompait ses ap-
préhensions, en se justifiant à elle-même cette
vie d'insouciance étrange dont son caprice était
la seule loi. Au fait et au prendre, elle savait

4.

bien qu'il y avait à ce projet héroïque, incompa-
tible avec ses idées d'indépendance, l'impossibilité
matérielle que lui créait la charge de son enfant.

Quoi qu'il en fût, cette fois, Catherine, se
voyant avec terreur au pied du mur, eut une
sorte d'effarement subit. Sa première pensée fut
un sentiment d'indignation et de colère contre
cette hideuse combinaison de sa mère, déjà d'accord avec le Cambrelu.

Eh quoi! en était-elle donc là de sa vie gâ-
chée avec l'acharnement d'une folle, qu'il ne lui
restât plus d'autre ressource que de rouler au
ruisseau comme une fille ?...

Catherine n'avait certes rien d'une rigide vertu;
mais bien qu'égarée par les principes faciles d'Ida
Bonnard, le fond de son éducation, et sa nature
artiste, développée au contact de son mari, se ré-
voltaient à l'idée d'une aussi épouvantable chute.
Il y avait là, pour son orgueil d'elle-même, un de
ces coups cruels après lesquels il n'est plus d'illusion. Dans une détresse qui depuis sa séparation
s'aggravait, chaque jour apportant une nouvelle
gêne difficilement parée par la vente ou l'enga-
gement au mont-de-piété du peu qu'elle possédait,
comme tous les naufragés du sort, elle avait es-

péré quelque chance imprévue. Se pouvait-il qu'elle ne rencontrât point sur sa route une aide, une protection ?...

Sans bien définir ce rêve, où son imagination déréglée allait même jusqu'à entrevoir une sorte d'aventure que son abandon et son dénuement justifiaient; comme toutes les femmes dévoyées, elle s'était parfois presque vaguement forgé cette facile chimère d'un roman qui recommencerait se vie, un de ces bonheurs libres, en dehors du monde... un amant enfin que, oubliant ses regrets et son mari, elle se reprendrait peut-être à aimer et qui, « riche pour deux, lui ferait partager son existence ». Il n'est point de femme entretenue au mois, qui ne colore sa situation par quelque euphémisme à son usage particulier...

Mais Catherine n'avait jamais prévu la dégringolade brutale avec un Cambrelu, en véritable fille du métier.

Pourtant il est de ces coups de misère dont la rigueur produit des stupéfactions si soudaines, que l'instinct même ne sait plus s'y débattre. Il semblait à Catherine qu'elle était au fond d'un trou qui venait tout à coup de l'engloutir, elle et son enfant...

Qu'allait-il arriver, d'elle et de lui ?...

Ce mot, qu'elle se répétait comme dans une hallucination, la ramenait à la même idée persistante que lui avait laissée sa mère en partant :

« Se vendre à Cambrelu. »

Et peu à peu elle sentait, presque étonnée d'elle-même, qu'elle en venait à discuter cet affreux projet déjà concerté.

De quelque côté qu'elle essayât de fuir son oppression terrible, elle se heurtait à l'impossible.

Sa vie était murée.

Après tout, comme Ida le disait, n'était-elle pas bête ?...

Vivre de misère, alors qu'elle n'avait qu'un mot à dire pour accepter une fortune qui s'offrait !

Et pourquoi ?... Et pour qui ces inutiles scrupules d'un reste d'honnêteté dont nul ne lui tiendrait compte ?...

N'était-elle pas déjà tombée dans l'estime du monde ?...

IX

Catherine avait un parrain, le vicomte Aymar de Trédec, ancien ami de sa mère, pour qui elle avait une vive affection. Il la soutenait parfois de ses conseils et l'amusait toujours par son esprit.

Viveur connu, ruiné d'une fortune de trois ou quatre millions qu'il avait croquée, dès son début dans la vie, avec une désinvolture des plus brillantes, il était resté sur ce haut fait, se tenant dans le monde par ses relations. Menant l'été l'existence dorée des châteaux, les parties de chasse, où ses qualités de sportsman en renom le rendaient précieux. L'hiver, c'était un de ces piliers de *clubs*, bons garçons, qui nagent laborieusement entre les deux courants de l'honnêteté, suffisant au grand chic qui nourrit son homme, et

la disqualification qui ferme le crédit des crou-
piers... Il avait atteint ses soixante-cinq ans sans
naufrage sérieux.

Très répandu dans le monde interlope, où ses
galantes façons produisaient grand effet, il y
avait contracté un pittoresque du langage, mêlé
à des locutions de cour, du plus bizarre contraste.

Tête solide et bronzée, d'ailleurs, il eût encore
été très vert ; mais les hasards qu'il avait courus
dans son existence bien remplie, l'avaient conduit
à une maladie de la moelle épinière, ce *fructus
belli* de la noce moderne, qui a remplacé les
rhumatismes de la vie des camps. *Il stoppait...*

Sa carrière brusquement arrêtée, une amitié
fidèle, mais non prodigue, avait protégé
ses jours en le faisant entrer à Sainte-Périne,
asile magnifique et champêtre où, sa pension
payée, le vicomte avait encore un surcroît de
cent francs par mois pour les agréments et le
luxe. Sa force aux *whist* de la villa, à un sou
la fiche, lui fournissait les cigares.

Naturellement serviable et de bon avis, il adorait sa filleule, qui l'allait voir chaque jeudi.

Accablée par ses réflexions, Catherine se rappela que c'était son jour d'Auteuil, Pour s'arra-

cher aux pensées effrayantes que lui avait lais--
sées sa mère, ne pouvant tenir chez elle, elle
partit avec cette sorte de vertige des gens qui
se noient, et que l'instinct porte à se raccrocher
à quelque secours que ce soit, fût-il reconnu
d'avance inutile et vain. La tête perdue, elle fit
la route à pied pour fatiguer son agitation nerveuse, parlant toute seule comme une insensée.

L'établissement de Sainte-Périne, situé dans
une de ces rues larges, tranquilles et charmantes
d'Auteuil, ombragées de deux rangées d'arbres
magnifiques, et bordées de villas élégantes qui
forment un nouveau quartier, n'a certes rien
d'un asile de l'Indigence. Son aspect de riche
villa, les parterres qui précèdent les bâtiments
donnent une impression gaie, réjouissante. De
la grille de fer forgé, les corps de logis ont des
airs de véritable château. Des placages de briques
rouges à filets blancs tranchent vigoureusement
sur la masse bise des pierres de taille. Des
vérandas, soutenues par des colonnettes, cou-
rent le long des rez-de-chaussée, reliant les ailes.

Mais ce qui rehausse encore tout cela, c'est le
parc; un parc anglais, gracieux, accidenté, avec
des frondaisons grandioses, des échappées sur un

bout d'étang, des pelouses de ce vert frais et tendre
qui rappelle les gazons de Windsor, des sentiers
qui s'entre-croisent parmi les bouquets des massifs,
les larges vêtements de lierre recouvrant les vieux
troncs dépouillés. Sous ces ombrages, les oiseaux en troupe viennent nicher et s'ébattre;
des concerts s'élèvent des épaisses ramures. C'est
bien la paix, le charme intime d'une sorte de
Thébaïde en un joli coin de Paris.

Catherine franchit, en habituée, la grande
porte monumentale. Un beau soleil dorait les
larges allées bien sablées. Les fleurs épanouies
des corbeilles exhalaient de bonnes senteurs
pénétrantes. Sous une sorte de portique, des
groupes de pensionnaires causaient.

Tout en allant elle respirait cette quiétude et
ce repos, songeant à ces existences sûres du lendemain, enviant ces vieux et ces vieilles qui
pouvaient s'abandonner insoucieusement à l'avenir, déchargés de toutes préoccupations, allégés
de tous combats.

Elle arriva au grand salon plein d'ombre et de
fraîcheur, dans le demi-jour des jalousies fermées,
où son parrain, attablé avec un monsieur et
deux dames, faisait son *mort* quotidien.

— Ah!... c'est toi, fillette?... dit-il sans se
déranger; je finis le robber et je suis à toi.

Catherine s'assit sur une chaise, en répondant
au salut un peu sec des dames, qui la connaissaient pour la voir chaque semaine, et glosaient
entre elles sur une aussi jolie filleule. La pièce,
très vaste, confortablement meublée, rideaux et
sièges en velours rouge, donnait l'impression
d'un salon de casino, un peu nu, mais d'une
exquise propreté. Le parquet brillait comme
une glace. Des arbustes ornaient les angles.
Catherine regardait machinalement autour d'elle,
plongée dans ses pensées.

La partie se continuait animée. Le vicomte
Aymar arborant hautement son horreur pour les
vieux, et les vieilles en particulier, les deux
dames partenaires étaient naturellement choisies
parmi les *jeunes*, c'est-à-dire qu'elles n'avaient
guère dépassé de beaucoup la soixantaine, âge
réglementaire pour être admis à Sainte-Périne.
A leurs façons dégagées, à certains ports de tête,
à l'aisance enfin de leur langage, on devinait
des femmes du monde, échouées là comme le
vicomte, à la suite du malheur des temps.

Sur un coup d'atout, une des joueuses ayant

pris, du valet, le dix de pique joué par Aymar de Trédec :

— Ah ! pardon, pardon, baronne ! s'écria-t-il, c'est avec un extrême regret que je le constate... Sur mon roi d'atout, vous avez renoncé, en mettant le six de carreau.

— Pas le moins du monde, j'ai fourni du pique !

— Oh ! chère baronne, j'ai l'œil !.. Vous savez, on ne me la fait pas à moi ! reprit-il mêlant à son argot de club le ton le plus exquis. — J'ai voyagé !.. Demandez à madame de Vaudrimont, à qui j'ai poussé le genou quand vous avez jeté votre carte.

A cette interpellation, madame de Vaudrimont prit un air confus et légèrement dépité :

— Moi ? répondit-elle ; je n'ai pas cru que c'était pour cela... Je n'ai pas regardé...

— Madame, au jeu, je ne m'égare jamais dans les galantes bagatelles. C'était pour un six de carreau : *la glace !*... Et notre aimable baronne m'aligne Hogier. Ça compte trois points dans le grand monde... Il est de douze ! Avec vingt-quatre fiches que je gagnais, comtesse, ça vous en fait pour trente-six sous dans les reins.

Et, tirant son carnet et son crayon :

— V'zan ! je les porte en compte sur mon grand-livre, avec déjà un franc cinquante de la semaine.

Sur ces mots, il se leva.

— Allons, fillette, donne-moi ton bras. Ces dames me font la grâce de m'excuser, selon l'usage en notre château, lorsque vient une visite.

Et, d'un air vainqueur, il s'en alla, branlant sur ses jambes, avec les mouvements faucheurs de l'araignée.

— Voleuses autant l'une que l'autre, tu sais, dit-il à Catherine. Et, à leur âge, c'est qu'elles sont encore incroyables !... As-tu vu la Vaudrimont, qui me soupçonnait de vouloir attaquer sa vertu ?...

Ils enfilèrent un large couloir qui conduisait à une chambre du rez-de-chaussée. Sur la porte, la carte de visite du vicomte était attachée par quatre clous. Le vieux viveur tira une clef de sa poche et entra. Dans cette pièce, assez spacieuse, s'entassaient les reliefs luxueux de l'ancien mobilier mondain. Un certain goût présidait à l'arrangement de ces épaves qui conservaient leur cachet d'élégance.

Catherine assit son parrain dans un fauteuil, en face d'une petite table en laque chargée de papiers et de livres, du pot à tabac et de quelques photographies dans des cadres.

— Nous allons donc en griller un ! dit-il en prenant un cigare, et s'étalant avec cette sorte de béatitude égoïste, qui savoure les moindres satisfactions du confort.

Bien que péchant, comme il le disait, « par la base », le vicomte Aymar avait certes gardé de beaux restes. Sa tête avait toujours cette mine superbe de dandy portant haut. Une taille élevée, le regard vif et hardi, des façons galantes qui sentaient la race, cet aplomb d'un homme qui *avait tout vu de la fête*, suivant son expression.

— Eh bien, fillette ? demanda-t-il, qu'est-ce qu'il y a de nouveau ?

Dans sa préoccupation, Catherine ayant fait une réponse machinale :

— Eh bien, qu'est-ce que c'est ? Tu ne ris pas aujourd'hui. Est-ce que la vie aurait des aspects ternes ?... A-t-il plu sur ton chapeau neuf ? Penses-tu à te faire carmélite, ou à te faire fondre tes perles comme dans ta Cléopâtre ?

— Mon parrain, oui, je suis préoccupée, répondit Catherine, assise près de la fenêtre, et regardant le parc, les mains croisées sur ses genoux.

— Médites-tu quelque doigté supérieur pour les gammes chromatiques en tierce ? Do do ré ré mi fa fa sol sol la...

— Mon parrain, reprit-elle gravement, je pense à me faire *fille*, voilà !

Ce mot tout cru, tombant des lèvres de Catherine, contrastait si étrangement, dans sa brutalité voulue, avec ses airs d'enfant, que le vicomte en eut un sursaut.

— Bigre ! s'écria-t-il, des ambitions !... Et madame veut exercer ses jolies quenottes sur les galions russes ou péruviens, ou croquer quelque fils de roi d'Asie de passage en nos murs ? L'événement n'est point de mince importance ! Et il y a encore de belles conquêtes à faire dans le monde...

— Je suis à bout de lutte contre la misère, répliqua âprement Catherine. Je n'ai pas de quoi payer mon terme, et ma mère vient de m'avertir qu'elle ne veut plus garder le petit... Voilà tout !

— Une étoile de plus dans la mer ! — Et l'aimable Ida te pourvoit sans doute, d'un même coup, du brillant mortel qui va dorer tes jours ? reprit-il.

— Oui !

— Je m'y attendais ! Ida, c'est une vraie mère !... Est-ce que le pas est sauté ? ajouta-t-il en clignant de l'œil. Au fait, non !... Tu aurais déjà des bijoux de prix en venant me voir... Et quel est le beau-fils ?... Est-ce que je le connais ?

— Oui !... c'est M. Cambrelu.

— Cambrelu ?... Le vieux rat de Cythère, comme on l'appelle ?... Bigre ! c'est de l'ouvrage un peu dur, pour une débutante... Et ça veut de l'estomac !... Car il faut dire que le marchand de guano n'a guère de quoi te rendre rêveuse... Après ça, c'est un fort sac...

— Ma vie va être un vrai enchantement, reprit Catherine, regardant toujours par la fenêtre. La prochaine fois, je viendrai vous voir avec ma voiture, rien que ça !... Qu'en dites-vous ?

— Dame, ma fille, répliqua le parrain, la dèche. c'est la dèche !... l'horrible dèche ! J'en ai vu glisser de plus huppées que toi !... Quand

la vertu en arrive à la robe de laine, et qu'il
survient des embarras pour la pâtée, ce n'est
plus qu'une question de tempérament... C'est
comme pour avaler des grenouilles ou des escar-
gots... Il s'agit de s'y faire ! Toute femme qui
ne sait pas vivre aux Batignolles avec deux mille
livres par an, si elle les a, ou si elle peut les
gagner, est une femme qui attend le train. Et,
pour peu qu'elle ait la beauté, « fatal présent
des cieux », tôt ou tard, elle pique sa tête dans
le tas !

— En tout cas, c'est un métier facile au
moins ? reprit Catherine toujours impassible.

— Oh ! minute, ma petite ! Si tu t'adresses à
la précieuse expérience de ton parrain pour te
renseigner là-dessus, c'est une autre guitare !...
Le métier, comme tu dis, n'est pas précisément
une succession d'aimables fêtes. Il est vétilleux,
laborieux et surtout assujettissant en diable.
Couronner de roses le gros Cambrelu, je te le
répète, c'est une question d'estomac à résoudre
dans le mystère, et ça dépend de tes dispositions
pour cette noble carrière. Les chevronnées s'en
tirent... Mais tu penses bien qu'il en voudra
pour ses frais, et il va falloir trimer pour em-

bellir ses jours, et lui faire honneur. Il n'est
pas homme à négliger la gloire de se parer d'un
pareil triomphe. Il va le crier sur les toits. Il
faudra recevoir ses amis, te montrer avec lui
au théâtre, aux courses, au Bois... Juge si ce
gros balourd sera flatté de t'avoir, après ses
vulgaires traînées ; et, à toute heure, tu l'auras
sur le dos ; car il tiendra l'œil ouvert d'autant
plus, qu'il est trop roué pour se payer l'illusion
que son physique est fait pour l'amour, et qu'il
t'a subjuguée. — D'ailleurs, si habilement que
tu t'y prennes pour préparer la culbute, en faisant
mine de glisser dans un moment de faiblesse,
ce n'est pas un lascar de ce numéro-là qui
gobera qu'il vient de casser les ailes d'un ange,
et que tu t'es laissé mettre à mal par un irrésistible entrainement de lui passer la main dans
les cheveux... Il ne peut pas croire, n'est-ce
pas ? que, faite comme tu l'es, la passion t'égare,
et que c'est pour ton agrément que tu lui sers
ce régal-là... Le vieux singe ventru sait trop
bien que tu ne le regarderais même pas s'il
n'avait pas un coffre-fort, et que ce ne peut être
que son sac que tu vises comme la première
belle-petite venue... Et, dame, quand il faudra

lui souffler dans l'oreille qu'il est aimé pour lui-
même, les preuves à l'appui te seront difficiles...
Or, ma chère, il ne faut pas te dissimuler que
le vieux finaud n'ouvrira les digues de son Pactole que si tu y vas carrément, et selon que tu
feras bien la gentille... Dans ce cas-là, c'est
une affaire ! Tu le mèneras loin... Si tu as du
chien, et si tu sais t'y prendre, tu le feras fi-
nancer d'un hôtel dans moins d'un an, pour
peu que tu fasses son bonheur en conscience.
Sinon, la bégueulerie n'étant pas dans ses goûts,
et lui procurant plus d'embêtement que de plaisir,
il te lâchera naturellement, au bout de trois semaines, les choses n'allant pas. Et tu auras fait
le plongeon pour quelques billets de mille...
Voilà !... Ce qui te placera dans les prix doux.

Catherine avait écouté son parrain dans sa
même pose indifférente.

— Eh bien, puisqu'il faut que j'y vienne,
autant que, comme vous dites, je fasse la culbute en grand ! répliqua-t-elle nettement. —
Saleté pour saleté, on ne dira pas du moins que
c'est pour mon plaisir que je loue mon corps à
ce prix-là ! Comme dit aussi maman, il faut être
une femme sérieuse, et faire honneur à sa famille.

Ce ton nerveux, ce cynisme, avec ces regards d'enfant, dénonçaient chez la pauvre Catherine un tel désordre de raison, on devinait si bien qu'il y avait là une de ces surexcitations folles, dont son caractère mobile essuyait tant d'assauts, que le vicomte Aymard lui-même en demeura consterné.

Il regarda un instant sa filleule en silence. Puis, rencontrant ses yeux :

— Ah çà ! tu aimes toujours ton mari, toi, ma petite ! reprit-il tout à coup.

— Pourquoi ça ? demanda-t-elle sans bouger.

— Précisément parce que tu tiens à dégringoler jusqu'au Cambrelu.

— Eh bien, je suis effrontée, voilà tout !... Vous n'en avez pas un plus riche à me proposer, n'est-ce pas ?... Comme dit encore maman : l'argent n'a pas d'odeur. L'important, c'est d'en avoir beaucoup. — Avec ça qu'elle sent bon la misère !.. M'en aller tous les jours rue de Lancry, chez mon beau-père, pour être sûre de dîner... Me lever chaque matin en me demandant ce que je vais devenir. Et puis mon enfant à élever...

— Tu n'en as pas de nouvelles, de ton mari ?

reprit Aymar, comme s'il continuait sa pensée.

— Pourquoi m'en donnerait-il? répondit-elle du même ton fiévreux... Est-ce que tout n'est pas fini... puisque j'ai été si bête?... Et je vous demande un peu ce qui me manquait! Il y a des femmes qui sont nées pour gâcher leur vie... Je suis de celles-là! Figurez-vous que, en posant à dix francs la séance pour cette Cléopâtre, buveuse de perles, je réfléchissais que, moi aussi, j'avais voulu chercher cette fameuse ivresse inconnue, et que j'avais aussi vidé ma coupe... C'est ce qui m'a donné l'expression étonnante qui fait le succès du tableau... Le principal maintenant, c'est de ne pas démolir l'hôtel que je vais me faire acheter par mon entreteneur. Je tâcherai d'avoir de la raison.

— Alors tu es décidée?...

— Je grille d'y être!

Comme il le disait, dans son langage, le parrain avait trop voyagé pour essayer de se livrer à un prêche sur les rocamboles de l'honneur et de la vertu. La *dèche, l'horrible dèche* sévissait avec des rigueurs aiguës. Bien qu'il sût à Catherine une âme trop haute, pour se plier à cette misérable condition de femme entretenue, qui

est le pire des métiers, il connaissait les affres
de ces détresses connues des femmes dévoyées,
à l'heure où la question se pose, entre la richesse à mains pleines et le boisseau de char-
bon... Il savait trop la vie, pour n'avoir pas
prévu depuis longtemps ce dénouement fatal,
auquel la faiblesse de caractère et la beauté de
sa filleule semblaient l'avoir prédestinée. Dépourvue de ce fond d'énergies saines qui fait les
existences droites, avec Ida pour conseil au milieu des tentations trop prêtes à l'assaillir, ce
n'était certes pas lui qui l'eût détournée *d'un
acte de raison.*

— Dame, tu sais, ma pauvre grande enfant,
reprit-il en forme de conclusion, dans ces choses-
là, on plume, ou on est plumé. C'est tout ce que
je peux te dire... Si tu dégringoles, arrange-toi
du moins de façon que ce ne soit pas pour des
noyaux de cerises. — Ah! voilà le dîner! ajouta-
t-il comme la porte s'ouvrait, livrant passage
à un servant portant des rations de surcroît
sur un plateau.

X

Catherine, arrivée chez son parrain avec la fièvre, et combattue dans le désordre de ses pensées, s'en retourna le soir avec une âpre résolution formée.

Chose étrange ! le cynisme avec lequel il lui avait dépeint l'abjection de ce marché honteux d'elle-même, qu'elle allait conclure, l'avait presque soulagée. Pourquoi lutter, en effet, puisque la lutte était impossible ?... N'était-il pas tout simple de s'abandonner, de se soumettre, puisque tel était son lot ?... Recourant à ces banalités de tous les découragements lâches, elle accusait le sort et la vie. Elle accusait son mari... Elle se sentait prise de haine contre cette *société* qui la laissait mourir de faim, qui lui refusait sa place, et la précipitait dans le vice malgré tous ses efforts, toutes ses résistances.

Devenir riche, pour se venger!... Éclabousser ce monde, qui n'avait pas une pitié pour elle, en lui jetant cette boue qu'elle ramasserait si bas, ce serait là son rôle désormais, et elle le remplirait avec une ardeur sauvage.

Elle était montée dans le tramway qui longe le bord de l'eau, et s'y trouvait seule avec une mère et ses deux filles, assises en face d'elle. La plus jeune tenait un enfant sur ses genoux. On ne pouvait se méprendre sur la condition de ces femmes.

Distinguées, modestes, on lisait sur leur front leur bonheur honnête. Elle les regardait avec envie et colère, comme si elle leur en eût voulu de cette quiétude insolente.

Consciente de ce qu'elle portait en elle déjà de résolutions honteuses, l'idée lui vint soudain de leur parler, de les dégrader par son contact.

Elle entama un compliment sur l'enfant et elle se mit à le caresser, pour le souiller.

Enfin, elle descendit aux Champs-Élysées. Tout en gagnant à pied la rue Laborde, une sorte de crainte l'assaillit...

Si Cambrelu allait ne plus vouloir d'elle? s'il allait hésiter, se dédire?...

Elle se rassura bientôt. Sa mère, d'ailleurs,
n'était point femme à s'être ainsi avancée sans
certitude.

Comme elle arrivait chez elle, sa concierge
l'arrêta pour lui remettre un énorme bouquet.

— Ah bien, en voilà un, ma petite ! s'écria la
portière ; on peut dire que l'impératrice seule
l'aurait, si elle était encore sur son trône !... Ma
fille, qui est chez une grande fleuriste, dit que ça
vaut cent écus comme un liard... Pas à le reven-
dre, s'entend !

— Merci, donnez.

— Attendez : ce n'est pas tout. Voilà encore
une boîte de bonbons, avec une carte... Un
vieux monsieur, dans une voiture à deux chevaux... que les voisins en sont tous sortis sur
leurs portes... Il n'a remis ça lui-même, si bien
que la dame du premier, qui l'avait vu par sa
fenêtre et qui, paraît-il, le connaît, est descendue comme une bombe, croyant que c'était pour
elle, et que j'avais dit exprès qu'elle n'y était
pas... Ah bien, je te l'ai reçue, celle-là !... « Lais-
sez-en pour les autres, que je lui ai dit. A chacune son *monsieur*, pas vrai?... » Et j'ai pensé
tout de suite à vous avertir de vous méfier.

Catherine monta son bouquet et sa boîte ;
puis, lasse enfin de penser, harassée de tant d'é-
motions, de tant de débats, elle se coucha, et s'en-
dormit comme un plomb.

Le lendemain matin, elle fut réveillée par sa
mère, qui accourait aux nouvelles. Ida aperçut
le bouquet.

— Hein ! s'écria-t-elle, il n'y a pas à dire, je
ne te demande pas d'où ça vient ?... Si on peut
voir un homme plus comme il faut et moins regardant... Et, tout cela, rien que par politesse,
parce que tu as dîné chez lui !... Ta portière
elle-même, qui s'imagine déjà qu'il y a quelque
chose, vient de me faire ses compliments. « Il n'y
a pas besoin de mettre à la loterie, m'a-t-elle dit,
vous avez gagné le quaterne, madame, et je vous
fiche mon billet que votre fille va être heureuse ! »

— La portière est vraiment bonne, répondit
Catherine en s'étirant sur l'oreiller. Alors, passe-
moi mes bas, sur lesquels tu es assise.

— Tu peux lui demander si elle ne m'a pas
dit ça, reprit Ida d'un ton aigre.

— Oh ! je te crois, maman, je te crois ! répliqua la fille du lord en sautant de son lit.

— Oui, tu me crois, mais ça n'empêche pas que,

avec toutes tes giries, et puis, par là-dessus, ce que tu as de raison, tu vas encore manquer ta fortune. *Il* est venu chez nous hier, à l'heure du dîner, ne sachant pas que tu serais chez ton parrain... *Il* a été tout malheureux... Naturellement, Bonnard nous a laissés pour s'en aller au café, et alors nous avons causé.

— Il va tout seul qu'il a dû te dire de belles choses ! reprit Catherine, devant sa glace, en secouant la tête pour faire tomber ses cheveux splendides, qui glissèrent jusqu'à ses reins.

— Oui, ma chère, de belles choses ! riposta Ida avec la plus haute ironie, et, si tu les avais entendues, pendant qu'il jouait avec ton enfant, qu'il avait pris sur ses genoux, tu penserais peut-être bien à être du moins bonne mère... Le pauvre petit l'embrassait comme du pain, parce qu'il lui avait apporté des bonbons de chocolat.. C'était tout attendrissant de les voir !...

Catherine eut une morsure subite au cœur, à la pensée de ce contact, des baisers de son enfant, mêlé à cet ignoble trafic, et caressé par l'homme auquel elle allait se vendre...

Un amer dégoût lui monta à la gorge. Elle se retourna presque violemment.

— Allons, maman, finis-en ! s'écria-t-elle d'un ton rude. — Dis vite combien il me paye !

Devant cette étrange sortie, Ida Bonnard eut un sursaut. Consciente qu'elle accomplissait noblement son devoir de mère, en créant enfin *une position* à sa fille :

— Voyons, voyons, ma petite, reprit-elle de sa voix la plus insinuante, tout ça, c'est pour ton bonheur, tu le conçois bien...

— Oui, oui, c'est convenu !... Eh bien, qu'est-ce qu'il entend le payer mon bonheur ?... Les affaires sont les affaires ! comme dit papa beau-père.

A ce langage si nouveau, Ida comprit que tous ses vœux étaient enfin exaucés, et, saisissant Catherine dans ses bras avec un élan maternel :

— Ah ! je savais bien que tu me consolerais un jour de tous mes chagrins !... s'écria-t-elle avec orgueil.

— Pardi ! maman, tu m'as élevée !

— Ah ! je peux m'en vanter maintenant !... Mais ce n'est pas tout ça, ma chérie... Il s'agit à présent de causer en femmes sérieuses.

Elle se leva pour mieux soigner sa pose.

— Voilà!... ajouta-t-elle, tout ne dépend plus que de toi ! Tu comprends bien, comme il l'a dit, qu'il ne faut pas que ça lanterne. Ça serait trop bête, quand une fois on s'est entendu. Ta mère est là, tu peux marcher, elle a pris tes intérêts... Dix mille francs par mois, sans compter les cadeaux, pour commencer, pendant les premiers temps... Ça, *c'est le fixe!...* Et, en plus, écoute bien ça, car j'ai tout prévu : vingt mille francs tout de suite comme épingles, pour que tu puisses te mettre sur le pied de ta position... Parce que, tu le penses bien, il va te falloir du linge, et des toilettes, et tout... Dame, ce n'est pas à une femme d'expérience comme moi, de rien oublier... — Eh bien, tu ne dis rien?... exclama-t-elle avec une exaltation délirante... Tu n'embrasses pas ta mère pour cette nouvelle-là?...

— Si, si, je trouve cela très beau ! répondit Catherine, et je t'embrasserai tout à l'heure, quand je n'aurai plus les bras en l'air pour me coiffer.

— Alors, qn'est-ce qu'il faut lui dire ? reprit Ida, non sans une vive anxiété; car tu juges si, en y allant comme ça, il grille de savoir ta réponse.

— Eh bien, dis-lui, maman, que je suis fort honorée de ses propositions... et que je les accepte.

— Bien vrai ?... foi d'honnête femme ?

— Foi d'honnête femme, maman !.. foi d'honnête femme !

Sur ce mot décisif, Ida eut un nouveau transport.

— Ah ! ma petite, s'écria-t-elle, tu peux te glorifier de rendre enfin ta mère heureuse et fière de toi ! Dix mille francs par mois !... Hein ! c'est à présent que tu vas pouvoir dire aux gens : « J'ai de quoi vivre, je n'ai plus besoin de personne ! » Parce que, vois-tu, il n'y a que l'argent qui donne la considération. Tu n'as qu'à voir ta madame-ci, ta madame-ça, qui font leur tête, avec des maris qui n'ont pas le sou... Tout le monde se moque d'elles.

Catherine, devant sa glace, continuait, impassible, à mordre du peigne son abondante chevelure, et laissait déborder les éclats de joie de sa mère.

— Je te demande un peu, reprit Ida en la couvant des yeux, avec ces épaules-là, ces bras, que l'on dirait une statue... Si ce n'était pas un

meurtre de laisser perdre tout ça comme une
bête !.. Et une peau !.. La peau de ton père
quoi !.. Il était comme une pêche ! Et puis tes
yeux, tes dents, ton teint... et puis tes manières !
Ah ! je l'ai toujours dit, il n'y a qu'à te regarder pour tout de suite deviner ta naissance... et
que tu n'étais pas faite pour rester une femme de
rien !... Mais il faut que je m'en aille pour courir
tout de suite chez *lui*... Tu t'imagines si *il*
m'attend ! Car, je peux te le dire, il est dans
tous ses états. Il ne pense qu'à te revoir... Moi,
j'ai convenu, hier, que, si ça s'arrangeait avec
toi, ce matin, nous lui donnerions rendez-vous
au Bois, pour tantôt. Parce que, tu comprends,
pour les convenances, à votre première entrevue,
il faut que ta mère soit là... Nous emmènerons
Aglaé. Ça sera plus commode pour vous laisser
causer, pas vrai ?...

— Eh bien, c'est cela, répondit Catherine,
va-t'en bien vite.

— Oui, je me sauve, adieu... Je reviendrai
te dire l'heure et l'endroit. Ah ! dis donc, reprit-
elle au moment d'ouvrir la porte, il va certainement me demander, à moi, quand ça se fera...
Il est si délicat qu'il n'oserait peut-être pas lui-

même, parce que, comme il le dit, avec une femme du monde, il y a des bêtises de pudeur. Il se peut que le premier jour, ça te paraisse trop tôt...

— Ah! oui, c'est vraiment bien délicat de sa part, maman, répondit Catherine avec un singulier sourire.

— Quand je te disais que c'était un homme tout à fait comme il faut!... Je m'y connais. Seulement, dame, tu penses qu'il voudrait bien!... Et, d'abord, ce serait ridicule qu'il te fasse la cour... Et puis ce ne serait pas malin... parce que les hommes, on ne sait jamais... Il faut profiter de ce qu'on les tient... — Voyons, ma chérie, reprit-elle, arrange ça gentiment. Qu'est-ce que je m'en vas lui dire?

Catherine voulut se montrer la digne fille de sa mère du premier coup.

— Eh bien, maman, dis-lui que nous nous verrons au Bois, aujourd'hui, et que, demain soir, j'irai chez lui.

— Ah! comme ça, c'est très bien! s'écria Ida ravie, vous vous serez vus deux fois. Tu auras gardé ta réserve et ta situation de femme du monde...

Et, lui, il se sera montré très chic en attendant jusque-là...

— Oui, mais dépêche-toi, maman, je t'en prie, reprit Catherine, finissant par suffoquer de dégoût à cette naïveté dans l'ignoble.

— Oui, je me sauve!.. Ah! à propos, tu n'as pas de poudre de riz chez toi; je t'en rapporterai!... avec du rouge pour tes lèvres...

— C'est cela!... Et puis du noir pour les yeux... pour que je sois tout à fait belle, ajouta Catherine, qui s'était levée, en poussant vers la porte sa mère qui partit.

Demeurée seule enfin, elle respira. Si solide que fût sa résolution, les tendres exhortations d'Ida, loin d'enflammer son courage, en venaient à l'écœurer, trop neuve qu'elle était encore dans son nouvel emploi.

XI

A coup sûr, Catherine, toute d'instincts affinés par nature, était bien loin d'avoir l'effronterie professionnelle nécessaire aux filles galantes. Faible de caractère et tournant à toute influence, en subissant l'entraînement de sa mère, il lui restait, au fond de l'âme, la naturelle répugnance de toute créature libre et saine contre cette souillure physique, dernier degré de l'abjection.

En dépit de quelques auteurs, *fabricants de monstres*, comme on les nomme, et pour qui le métier de courtisane semble être finalement la plus ordinaire vocation de toutes les héroïnes qu'ils inventent, la prostitution n'est pas à la portée de toutes les femmes. Il faut des natures spéciales et gangrenées jusqu'aux moëlles, pour

réprimer cette révolte de l'être, et cette honte intime de la chair, qui survit même encore après
l'oubli voulu de toute pudeur.

Malgré le cynisme qu'elle affectait, Catherine
se sentait vraiment des défaillances.

Si âprement résolue qu'elle fût à se barrer toute
retraite, c'était là une horrible aventure ! Malgré
l'excuse qu'elle voulait invoquer de son dénuement, de son abandon, de sa misère, sans ami,
sans protecteur, sans soutien dans sa vie, l'idée
de cette chute sale la terrifiait... De quelque motif
qu'elle pût essayer de colorer son action, même
aux yeux de cet homme qu'elle connaissait d'un
jour, elle ne pouvait la résumer que par un mot
qui la mettait d'emblée au rang des créatures de
la rue. Comme avec le premier passant venu,
pour de l'argent, elle allait se livrer, sans même
pouvoir se faire illusion sur ce qu'il allait penser
d'elle.

Palpitante de dégoût, elle se voyait dans ses
bras, honteuse, frissonnante, avilie...

Au moment de rouler dans ce bourbier, il lui
prenait des envies de s'enfuir avec son enfant...
Son enfant ! qu'elle allait nourrir de ce pain
ramassé dans la boue !

Mais où aller?.. Dans quel espoir?.. Et de quelles ressources vivre tous deux ?...

La misère nue fait des esclaves qu'elle jette en proie au vice, à ces heures sombres où la volonté lutte pour la vie. La peur de la faim a des dissolvants si subtils et si sûrs, qu'il faut des âmes trempées, pour résister aux attirances malsaines de la richesse à portée de la main. Catherine, comme bien des femmes, était dépourvue de sens moral. En dépit d'une éducation honnête et pure, déséquilibrée à dix-huit ans par les principes de sa mère, heureuse en son ménage, comme tant d'autres, elle avait trompé son mari, sans le vouloir, sans le savoir, sans même avoir prévu sa défaite, par légèreté, par entraînement de circonstances; bêtise, ou surprise des sens. Disons-le, il est des femmes presque honnêtes qui ne savent pas se défendre, et pour qui enfin ce qu'on appelle un caprice n'a point grande importance...

Mais, à l'idée de ce qu'il allait lui falloir subir avec ce vieillard qui l'achetait, son cœur se soulevait.

Pourtant elle se préparait à son sort, avec cette prostration lâche et stupide du condamné qui attend l'heure. Mais elle souffrait tant, qu'il lui

vint un de ces rêves fous qui hantent encore les
désespérés.

« Si avant l'arrivée de sa mère quelque miracle la secourait !... »

Alors, comme dans le délire, elle entrevoyait un
sauveur inattendu, tombant du ciel. Quelque génie bienfaisant, touché de sa détresse, et lui disant ces seuls mots : « Viens, je te protégerai ».
Elle le suivait, quittant cette chambre impure,
empestée de ces idées de honte qu'elle respirait
dans l'air, et secouant ses pieds sur le seuil
maudit...

Ah ! celui-là, quel qu'il fût, elle l'aimerait à
genoux !... Comme elle lui dévouerait sa vie,
son cœur, son âme !...

Honnête femme !... Vivre en honnête femme !...
Ne pas avilir son enfant !... Être relevée, se racheter de cette résolution vile qui la menait au
ruisseau !... Alors, quel avenir !... Soutenue,
protégée contre elle-même et contre sa déraison,
ses écarts de folie, régénérée enfin par un sentiment de gratitude immense qui l'enchaînerait,
la défendrait contre toute rechute !...

Grand Dieu ! comment pourrait-elle tromper,
cette fois, un dévouement sans bornes au bonheur

de sa vie, et mentir et se parjurer?... Ah! ce serait trop horrible, et trop lâche, et trop fou !... Sauvée !... Elle se voyait sauvée !...

Mais, par malheur, les miracles et les sauveurs sont rares en ce monde... Vers quatre heures, ce fut Ida Bonnard qui sonna.

Elle arrivait suivie d'Aglaé, au courant de tout; toutes deux parées, superbes, avec des chapeaux neufs et des confections élégantes qu'elles avaient achetées en venant.

— Tu vois : ça commence, ma chère, dit Ida. Regarde un peu ta mère !... Inutile de t'apprendre qui est-ce qui a payé ça !... Il m'a dit de lui envoyer la facture. Je te dis que c'est la perle des hommes comme il faut.

— Ça vient du Louvre, reprit Aglaé, en se mirant et toute bouffie d'aise.

— Mais ce n'est pas tout ça, ajouta la mère, il ne s'agit pas de flâner. Il nous attend à la Cascade. Tu sais, Catherine, ce qui est à la porte, et dans quoi nous somme venues ?... Sa calèche, ma petite, sa calèche, rien que ça ! Tu vois d'ici notre effet dans la rue de Lancry... Comme a chanté M. Bonnard : « Le jour de gloire est arrivé » !

— Ah! à propos, c'est fini! Je peux te le dire... Ma chère, il achète ton portrait: vingt-huit mille francs !.. Si tu vas te le faire donner, je me le demande !

XII

Catherine avait versé des pleurs sincères. Mais, hélas! dans sa vie si folle, si souvent agitée de véritables remords, combien de fois avait-elle déjà pris des résolutions héroïques, contre la faiblesse qu'elle se savait!

Mobile comme une enfant, toujours la proie de l'heure, lasse de ce dernier combat livré dans un éclair de raison contre la fatalité qui l'étreignait, montée en victime dans la fameuse calèche, aux grands ébahissements de sa portière, elle n'était pas plus tôt dans les allées du Bois, que les bavardages de sa mère et d'Aglaé l'avaient distraite de sa terrible crise. Partie encore irrésolue, nourrissant même une sorte d'espérance qu'elle allait avoir le courage de rompre avec éclat ce pacte avilissant, elle se laissait gagner au beau côté du rêve.

Ce luxe d'équipage, ce cocher, haut sur son siège, un valet de pied près de lui, tous deux corrects dans leur livrée de grand ton...

Tout cela pouvait être à elle si elle le voulait!

Cette prise de possession d'une vie de richesse, qui lui avait toujours paru inaccessible, la grisait malgré elle. Par ces étranges compromissions de son esprit *de linotte*, fait de contrastes et de fougues, elle se reprenait à délibérer...

Était-elle donc si coupable, après tout, dans cet abandon, où elle ne dépendait que d'elle-même, de se refaire enfin une destinée heureuse, même à ce prix, plutôt que de souffrir la faim?... Quel espoir lui restait-il encore?.. N'avait-elle pas lutté, combattu pour vivre de son travail en élevant son enfant?...

Quoi! pour les préjugés stupides des quelques gens qui l'entouraient!... Que devait-elle à ce monde hypocrite et dur, qui n'avait pas de place pour elle, et qui ne savait pas la nourrir pour qu'elle pût rester honnête femme?

A qui la faute, si elle tombait?...

La richesse a des attirances qui enivrent cer-

taines natures débiles. Cette calèche produisait sur
Catherine un étonnant effet. Elle regardait, elle
s'oubliait à considérer longuement les moindres
détails... Sur la caisse, bleu marin, les banquettes
capitonnées, en satin havane, s'enlevaient avec
une étonnante harmonie. Tout dans cette voiture
magnifique, avait cette élégance, ce goût parisien qui est le goût suprême. La passementerie
sobre mais exquise des coussins, les jolis glands
qui ornaient les coins, les poignées des portières,
en ivoire, montées sur argent, les bouffettes des
chevaux en rubans rouges.

Les yeux de Catherine enveloppaient tout, s'ar-
rêtaient sur tout, éblouis, charmés.

Quoi! il ne dépendait que d'elle d'avoir ce
train!...

Dans cette admiration qui l'absorbait, elle
s'abandonnait à mille fantaisies d'imagination.
Quelle toilette s'assortirait le mieux avec cette
nuance éteinte, aux reflets de bronze et d'or?...

— Une robe héliotrope pâle, la couleur à la
mode, dit Aglaé.

— Non, répliqua Catherine, le bleu saphir
serait bien plus joli, tu sais, de ce surah très
beau qui joue le velouté de la peluche.

Ce fut en discutant ainsi qu'on atteignit la Cascade.

Cambrelu guettait, devant l'entrée du café.

En apercevant la voiture, sa grosse face rosée s'épanouit.

— Nous voilà !... dit Ida, comme le cocher arrêtait ses chevaux sur le sable de l'allée.

Avec une pose de conquérant, une expression de physionomie béate, les yeux ouverts, la bouche ouverte, il s'arrêta à la portière, chapeau bas, murmurant d'un ton ampoulé :

— Ah ! c'est gentil à vous ! vous êtes exactes...

— Comment donc, monsieur Cambrelu, s'écria Ida, il n'aurait plus manqué que de vous faire attendre !...

D'un geste arrondi, Cambrelu tendit la main à Catherine, qu'il fit descendre.

Sans plus s'attarder, il lui offrit son bras, plantant là Ida et Aglaé.

A cette heure, le café était désert. Le marchand de guano appela et commanda des sorbets. Sa canne entre les jambes, le chapeau de côté, il se tenait droit et digne ; aimable sans trop d'empressement, affectant les façons les plus discrètes. On eût presque dit une rencontre fortuite. Quel-

ques phrases banales sur le Bois, sur ce restaurant de la Cascade si commode et si frais.

Les glaces apportées, il servit Catherine, qui se
laissait faire, lui sachant gré au fond de ces attentions, de ces hommages réservés où la susceptibilité la plus farouche n'eût trouvé rien à reprendre.
Elle sentait se dissiper les noires pensées, distraite,
conquise par une sorte de nouveauté d'existence.

Cet après-midi de flânerie, de bien-être et
de bien-aise la reposait de ses journées labo-
rieuses et dures. Et comme des visions la ber-
çaient, tandis qu'elle écoutait les menus propos
de sa mère et d'Aglaé ! La quiétude, le luxe, ce
rêve de richesse dont la réalisation lui semblait
encore impossible!... Cette calèche qui l'avait
amenée, arrêtée à quelques pas d'elle, le cocher et
le valet de pied. Elle se voyait étendue sur ces
coussins soyeux, en délicieuse toilette, admirée
et enviée...

Les glaces achevées, Cambrelu, en payant, laissa
deux francs sur l'assiette, comme pourboire au
garçon.

A cette munificence, Aglaé resta saisie. Ida
poussa le coude de Catherine.

XIII

On partit pour aller se promener dans les fourrés. Sous les arbres, la température était délicieuse. Un vent léger agitait les feuillées, détachant les fleurs mûres des acacias, qui tombaient dans les allées en pluie blanche et parfumée. Deçà, delà, les massifs se piquaient de fleurettes fraîches écloses.

L'herbe était semée de marguerites et de boutons d'or. Ida et Aglaé s'égarèrent à dessein pour cueillir un bouquet.

Catherine marchait au bras de Cambrelu.

L'amoureux commençait à s'apprivoiser. Sans démasquer trop ouvertement ses batteries, ni se départir de ses façons respectueuses, il s'émancipait peu à peu. Il s'enquérait des goûts de

Catherine, insinuant « qu'une jolie femme comme elle possédait une baguette de fée qui devait réaliser toutes ses fantaisies ». Et, tout en causant, il lui échappait des termes familiers, des câlineries de langage.

A un moment même, il l'appela « mon bijou »; elle entendit ce mot sans sourciller.

Enhardi par cette bonne grâce pleine de promesses, il s'arrêta, et tira de sa poche un superbe bracelet, qu'il agrafa lui-même **au joli bras de Catherine, en mettant un baiser sur son poignet.**

— Il faudra aussi le collier, dit-il; mais tout ne vient pas en un jour, pas vrai?

Elle murmura quelques paroles de remerciement.

— En attendant, mon petit trésor, reprit-il, je viens de m'occuper de vous. J'ai chargé une agence de me louer, tout de suite, un charmant hôtel tout meublé que je connais, jusqu'à ce que vous soyez chez vous.

Le bracelet avait achevé de séduire Catherine. Tout en le contemplant, elle écoutait la description des félicités qui allaient lui échoir.

De temps à autre, avec des minauderies de

fine mouche survenant dans un tête-à-tête
d'amoureux, Aglaé s'approchait pour offrir ses
fleurs à Catherine. Cambrelu, se donnant des
airs de bienfaiteur de la famille, tapotait la joue
de l'ouvrière pour la remercier de ses gentil-
sesses, et Aglaé repartait, riant sous cape, après
avoir saisi quelques bribes de l'entretien.

La marche, l'émotion, avaient singulièrement
échauffé Cambrelu.

Son gros ventre, quoique bien sanglé, le
gênait. Il suait toute l'eau de son corps.

Néanmoins, il se faisait violence et continuait
promenade et discours.

Après quelques propos bêtes sur l'art, vraies
balourdises de bourgeois riche, il en vint à
risquer des conseils, tout à son avantage, naturellement. Les jeunes gens il fallait s'en défier,
les fuir !... Pas sérieux... et par surcroît pas
le sou !... Un homme d'expérience savait bien
mieux faire le bonheur d'une femme, lui té-
moigner plus d'affection, de dévouement.

Catherine partagea cet avis et lui donna pleinement raison.

En devisant ainsi, ils avaient atteint une
place charmante. Sous un bouquet de jeunes

7

chênes, le gazon touffu, émaillé de pâquerettes, semblait inviter à faire halte. Sans réfléchir, Catherine proposa de s'asseoir. Mais tout aussitôt, elle s'aperçut de sa sottise. Le pauvre Cambrelu ne pouvait se baisser à cause de son ventre...

Elle s'empressa vivement de se reprendre, en ajoutant qu'elle n'était point fatiguée, et qu'elle froisserait sa robe.

Elle entrait dans son rôle.

Enfin, au bout d'une heure, Ida et Aglaé les rejoignirent. A la mine radieuse de Cambrelu, madame Bonnard devina « que tout marchait sur des roulettes ».

On regagna le restaurant, et les trois femmes remontèrent dans la fameuse calèche.

Une dernière fois, Cambrelu baisa la main de Catherine.

— A demain, n'est-ce pas? lui dit-il en soulignant ces mots.

— Oui, répondit-elle sans rougir.

Le retour fut gai. Le bois s'était animé. Les équipages affluaient, les toilettes printanières s'étalaient pimpantes. Catherine souffrait de sa pauvre robe noire au milieu de ces élégances.

— Quelle revanche elle allait prendre!... Ida pé-
rorait sur les grandeurs prochaines, ne se lassant
pas de les dépeindre, de combiner l'installation,
d'en organiser d'avance tous les détails. Aglaé
restait rêveuse.

Catherine se grisait de plus en plus.

A un moment, comme il était question de
l'enfant, elle exprima son intention de lui donner
une bonne anglaise.

— Vois-tu, maman, ce sont les seules qui
s'entendent en *nursery*!... Et puis, enfin, c'est une
langue qui lui restera pour son éducation.

XIV

Catherine, qui avait dormi le sommeil des anges en rêvant de sa grande vie, reçut le lendemain matin un autre bouquet que sa portière lui monta avec une seconde boîte de chocolat. L'ancien marchand de denrées coloniales se révélait décidément dans ses dons.

Cette fois, l'envoi lui parut tout naturel, et elle l'accepta, souriante et flattée. Puis elle s'habilla, en fredonnant, la tête pleine de pensées sur sa brillante fortune.

Comme elle se coiffait, ses yeux tombèrent sur une photographie de son mari posée sur la cheminée. Elle la prit et alla la fourrer dans une armoire, où elle avait relégué divers objets laissés par Victor Surville, quelques instruments

de chimie, des acides, des substances servant à
ses analyses... Ce qui l'amena à se demander ce
qu'elle allait faire de ses meubles. Parmi les
somptuosités de son nouveau logis, ils ne trou-
vaient pas leur place.

Cependant, en femme pratique, elle songea
qu'à les vendre on n'en tirerait rien. Mieux valait les utiliser pour les chambres de domestiques. En tout cas, Aglaé en aurait sa part.

Sa toilette achevée, elle se rappela que, ce
jour-là, elle avait à donner ses leçons dans une
pension de Neuilly. Ce souvenir l'étonna presque, comme si un siècle déjà se fût écoulé entre
son existence d'hier et celle d'aujourd'hui.

La pauvre maîtresse de piano lui faisait pitié...

A peine arrivait-elle à se reconnaitre dans
cette malheureuse qui crottait ses jupes, à pied,
pour aller gagner quelques francs.

Bien entendu, elle n'eut pas un instant la
tentation de remplir une fois de plus cette en-
nuyeuse corvée. Elle s'appartenait enfin, elle
pouvait s'attarder, s'attifer, songer, flâner, lire...
Tout cela, sans crainte de l'avenir, sans se sentir pressée, acculée par le besoin, par la misère.

— Elle était riche, riche !...

Et, allègre, triomphante, elle allait et venait
par le petit salon, respirait ses fleurs, croquait
un bonbon, plaquait un accord sur son piano.
La pensée qu'elle allait avoir un hôtel lui causait
une joie, des curiosités, des avidités d'enfant...

De quelle couleur choisirait-elle sa chambre?

Devant sa glace, elle approcha de sa joue
quelques rubans de diverses nuances, pour étu-
dier le ton qui convenait le mieux à son teint.

Enfin, après deux heures de réflexions, de
transports, de projets arrêtés avec elle-même, ne
sachant plus que faire, elle sortit pour aller
chez sa mère.

Ce fut là une course délicieuse où les enchan-
tements naissaient à chaque pas. Ces magasins,
devant lesquels elle marchait naguère, détournant
presque les yeux pour n'être point tentée, elle s'y
arrêtait maintenant, fixant son goût, méditant
sur les modes nouvelles, se parant déjà de tous
ces chiffons exquis.

Une robe mauve garnie de dentelles blanches,
retroussée en panier, avec des flots de rubans
caroubier, excita surtout son admiration. Elle
eut presque envie de la retenir, de crainte qu'elle
ne fût vendue le lendemain.

Plus loin elle s'arrêta devant une adorable petite mante en crêpe de Chine, couverte de dentelles espagnoles... Elle n'y résista pas, et entra pour l'essayer.

Ne faudrait-il pas se procurer en hâte au moins deux ou trois toilettes, pour donner le temps à la grande couturière qui, désormais, allait l'habiller, de réaliser quelques chefs-d'œuvre ?...

Dans ces idées de coquetterie et de bonheur, Catherine atteignit la rue de Lancry, sans avoir eu conscience de la longueur du chemin.

L'accueil empressé des Bonnard, une sorte de déférence, de soumission servile dans leurs façons, lui révélaient assez le changement accompli. On la traitait maintenant en puissance qui avait le droit de tout ordonner, de tout exiger.

Comme pour ne point gêner les effusions, Bonnard prit sa serviette d'homme d'affaires et partit. Aglaé était à l'atelier.

Ida apprêta bien vite un déjeuner fin, une gâterie pour sa *Buveuse de perles*, comme elle appelait Catherine avec emphase.

Toutes deux se mirent à table en tête-à-tête.

L'entretien ne pouvait rouler naturellement

que sur cette haute fortune enfin conquise.
L'heure des étonnements déjà passée, on en était
aux grands projets.

L'imagination des femmes va si vite. Elles
n'effleuraient même plus la question, tout à fait
secondaire, des scrupules enterrés... L'affaire,
considérée comme faite, à quoi bon y revenir,
s'y arrêter, soulever un doute, une objection ?

Madame Bonnard, de l'air le plus naturel, et
avec la gravité digne que comporte le rôle d'une
mère dans l'établissement de sa fille, avait adopté
cette formule, qu'elle répétait à chaque instant.

— Dans *ta position*, il te convient de faire
telle chose. — Ceci, ou cela est indispensable
dans *ta position*.

Bref, une causerie pleine de conseils, comme
à une jeune mariée sur les choses sérieuses du
ménage... Certes, l'expérience de madame Bonnard allait être d'un grand secours !.. « C'est
qu'il allait falloir de l'ordre avec un tas de domestiques qui sont tous des voleurs. Elle connaissait ça, elle, qui avait enrichi une demi-douzaine de femmes de chambre, rien qu'en se
laissant carotter sur sa garde-robe... Mais elle
serait là heureusement pour les comptes, et elle

se chargeait de les régler... Catherine, d'ailleurs,
n'aurait jamais le temps !.. Il était probable que,
dans les commencements, il viendrait dîner tous
les jours.. »

— Il faudra tout de suite une bonne cuisinière, dit-elle ; et, tu sais, elles sont plus rares
qu'on ne croit, même quand on les paye au
poids de l'or... Enfin, je la dirigerai.

Catherine, abandonnant volontiers les préoccupations infimes à sa mère, songeait surtout à
l'organisation supérieure de son grand train...
Elle décrivit à Ida le boudoir qu'elle rêvait : un
fond pourpre comme celui de son portrait.

Durant ce long bavardage, le nom de Cambrelu ne fut pas une seule fois prononcé. Toutes
deux disaient : *Il*, et elles se comprenaient.

Catherine portant à son bras le magnifique
bracelet, à un moment, Ida le décrocha pour
l'estimer.

Quand elle l'eut pesé, retourné, examiné en
tout sens.

— Ça vaut dans les quatre ou cinq mille ! dit-
elle.

— Tu crois, maman ?

— J'en suis sûre.

7.

— Il a promis le collier.

— Pardi ! il en donnera bien d'autres !

Sur cette pente, elles en vinrent à parler du rendez-vous du soir, comme s'il se fût agi d'aller prendre une tasse de thé.

— A quelle heure y vas-tu ? demanda Ida.

— J'irai sur les neuf heures.

— C'est ça ! Et puis viens me voir demain, en retournant chez toi.

X V

Après une journée toute remplie des agitations de ce beau rêve, Catherine, exaltée, grisée par les éblouissements d'une aussi surprenante fortune, rentra chez elle, à sept heures, pour se mettre sous les armes.

De ses expansions avec sa mère une seule pensée lui restait : c'est qu'elle eût été vraiment bien bête de manquer cette magnifique occasion de richesse.

A huit heures et demie, elle partit, prit un fiacre, et arriva chez Cambrelu.

Un valet de l'antichambre, qui semblait l'attendre sur le perron, l'introduisit.

En se retrouvant dans le superbe hôtel, elle éprouva cette vanité secrète de toute femme

consciente de son empire. Elle traversa deux
salons faiblement éclairés. La lumière intime
des lampes y répandait cette fois l'impression du
home, et, d'un regard rapide, elle inventoria
tout, avec le sentiment particulier de la prise de
possession d'un chez-soi.

Enfin, le domestique l'annonça, en ouvrant la
porte d'un joli boudoir retiré, donnant sur le
jardin.

Cambrelu, assis dans un fauteuil, un journal
à la main, bondit sur ses pieds.

— Ah! vous êtes venue!... dit-il.

— N'avais-je pas promis? répondit-elle d'un
ton qu'elle essaya de rendre délibéré.

Tout s'était paré pour la recevoir. Des fleurs
fraîches remplissaient les jardinières et les potiches.

Il retira même d'une flûte de cristal un magnifique bouquet qu'il lui offrit.

— Ah! que vous êtes galant! dit-elle.

— Mais c'est dans mon état d'amoureux, ri-
posta-t-il finiment.

Devant la cheminée, sur une table, une colla-
tion toute préparée, du thé, des gâteaux, des
friandises et deux seaux d'argent, où se frappait
du vin de Champagne.

Cambrelu amena sa belle visiteuse à un divan, la fit asseoir, et se mit tout près d'elle, dans la posture attentive d'un soupirant.

Catherine, légèrement embarrassée d'abord, reprit enfin plus d'assurance ; et, bien qu'elle fût au fond très émue, la causerie se posa en de frivoles badinages, où elle donnait de son mieux la réplique, plaisantant *ce raout à deux*.

Peu à peu pourtant, Cambrelu s'émancipait.

Pour faire une diversion, elle proposa de prendre le thé... Il s'empressa, et courut à la table.

— C'est moi qui vais vous servir, dit-il en lui présentant une assiette de petits fours. — Êtes-vous un peu gourmande ?

— Oui.

— Tant mieux ! c'est si gentil !

— Vous trouvez ?

— Je trouve tout adorable de vous, répliqua-t-il avec sa grâce lourde et bourgeoise.

Elle accepta un chou à la crème, qu'il lui découpa lui-même avec une petite fourchette en vermeil. Toutes ces minauderies du Tendre, si charmantes, si délicieuses entre deux êtres jeunes et épris, tournaient au grotesque chez ce vieux, obligé de veiller sur lui pour ne point déranger le plastron bien tiré de son gilet de piqué blanc, retenu au bas de l'abdomen par des agrafes solides, mais qui, par cela même, le gênait dans ses mouvements.

Catherine, décidée à tout, se prêtait à ce manège, aimable, souriante, s'essayant même à se montrer osée, presque provocante. Cambrelu redoublait les airs extatiques, ses gros yeux arrondis et sa bouche entre-bâillée. La soirée était chaude, il suait et, par instant, il était forcé d'éponger son visage gras avec un fin mouchoir fortement parfumé d'*ess-bouquet*. Tout en bourrant Catherine de gâteaux et de bonbons, il lui offrait du vin de Champagne, qu'elle acceptait.

La malheureuse avait d'étranges peurs... Elle sentait le besoin de s'animer, de s'étourdir.

Cambrelu versait à profusion, et elle vidait verre sur verre, tandis que, prudemment, il se contentait de tremper ses lèvres dans la mousse.

A un moment, il lui demanda sa coupe pour boire après elle.

— Je veux connaître votre pensée, dit-il.

— Prenez garde, répliqua-t-elle coquettement, vous allez savoir qui je déteste !

— Oh ! méchante ! soupira-t-il en enroulant

son bras autour de sa taille, et remontant sa main vers sa gorge.

Elle eut malgré elle un sursaut.

— Non, soyez sage, dit-elle.

— Oui; mais, tout à l'heure?..

— Tout à l'heure, nous verrons, répondit-elle.

— Alors, un petit baiser, vous-même, bien gentiment..., ajouta-t-il en l'attirant par ses mains qu'il la força de passer autour de son cou.

— Non, non, c'est trop dangereux! s'écria-t-elle, en esquivant son étreinte.

Ce mot monta Cambrelu jusqu'au délire, et l'enivra d'une joie folle. Comme pour savourer les excitations de cette résistance flatteuse, il se remit en position avec un air vainqueur de Lovelace généreux, mêlé à des façons régence du plus comique effet, et qui furent comme une trêve à ses ravages. Mais, ces frivolités d'amour n'étant point son affaire, il revint bientôt d'instinct à de galantes attaques plus substantielles. Catherine les repoussant, il feignit alors d'être piqué, et se recula à l'autre coin du divan, avec la mine d'un amant rebuté.

Forcée de jouer son rôle, elle se rapprocha au bout d'un instant.

— Oh! le boudeur! dit-elle d'une voix mal ssurée.

Et, faisant effort contre la répulsion qu'elle avait tant de peine à vaincre, pour se contraindre à l'effronterie, elle voulut hardiment s'asseoir sur ses genoux.

Mais elle avait compté sans le ventre qui rendait la chose impossible; dans son élan, elle glissa et faillit tomber en entraînant l'infortuné Cambrelu dans sa chute. Il la retint pourtant, et ce furent alors de grands éclats de rire.

— C'est bien fait! dit-il, ça vous apprendra à être si dure pour moi!

Catherine commençait à sentir les fumées du vin de Champagne. Sa tête tournait légèrement, ses idées se confondaient, une sorte de gaieté nerveuse la gagnait; elle buvait pour s'enhardir. Cambrelu en profitait pour devenir plus osé dans ses expansions, desquelles elle semblait ne plus savoir se défendre.

Enfin, vers onze heures, Cambrelu, s'étant levé, lui dit d'un air tendre:

— Mon bijou, vous n'avez pas vu tout l'hôtel... Il faut bien que je vous le montre!... Car, main—

tenant, le voilà bien, je l'espère, un peu à vous...
Si nous montions là-haut?..

Elle eut, à ce mot, qu'elle comprit, une sorte
de geste d'effarement qui le fit rire.

Et, comme elle ne bougeait pas :

— Je suis dans mon droit, reprit-il en mignar-
dant. C'est l'heure où les honnêtes gens rentrent
chez eux !.. Allons, ma chérie, allons!..

Et, tout en parlant, il la força à se lever, et
l'entraîna doucement vers une porte qu'il ouvrit.

Il lui fit monter un petit escalier dérobé, en
la serrant par la taille dans une douce violence,
plaisantant sur sa jolie moue rêveuse.

Enfin, ils arrivèrent à une riche chambre à
coucher, ornée d'un immense lit à baldaquin,
où elle vit deux énormes oreillers rangés à côté
l'un de l'autre. Puis, soulevant la portière d'une
grande pièce contiguë :

— Là, mon bijou, je te laisse... Te voilà
chez toi !... dit-il, sa grosse figure apoplec-
tique mimant des expressions sentimentales.

XVI

Restée seule, Catherine se mit à regarder
machinalement autour d'elle.

C'était un délicieux réduit Louis XV venant
de la Du Barry. Dans de hauts panneaux sculp-
tés, les tentures rares, les trumeaux libres de
Boucher, enlevés au Pavillon de Luciennes, et
rajustés à miracle aux dessus de portes.

Des meubles de Boule en bois de rose, véritables pièces de musée. La toilette seule, tendue
de dentelles sur un dessous de soie bleue, était
une merveille. Sur le parquet, un tapis de la
Savonnerie étouffait le bruit des pas. Un habile
tapissier avait ajouté là les nécessités du confort et de la propreté moderne, sans trop altérer
le style pur de l'ameublement.

Sous deux appliques, allumées de bougies roses, la garniture en porcelaine de Saxe étalait ses bouquets et ses guirlandes d'un coloris si frais.

Sur une large étagère, les pièces d'argent massif d'un nécessaire étonnant étaient rangées, mêlées aux flacons d'essences de toute sorte, aux éponges, aux boîtes de poudre de riz rose, blanche, bise. Des peignes, des brosses, des épingles à cheveux de toute grandeur et de tout genre; depuis les *neiges* imperceptibles, jusqu'aux fourches en écaille blonde. Puis les épingles ordinaires pour la toilette : françaises, anglaises. Il n'y avait qu'à choisir.

Pourtant, malgré tout ce luxe, il était impossible de se méprendre sur l'usage particulier, précis, de cette pièce. On y respirait une atmosphère étrange, commune, banale. Quelque chose comme cette caractéristique odeur du vice qui s'empreint sur les choses, confondant toutes les traces.

Catherine commença à se déshabiller, lentement. Quoique se sentant un peu mal à la tête, tout en furetant deçà, delà ; sa curiosité inconsciente se prenait aux moindres détails.

Elle ouvrit des tiroirs. Dans l'un d'eux, des bouts de ruban flétris, presque sales, des mèches de faux chignons pommadés, à odeurs rances, oubliés là comme autant de souvenirs et de révélations.

Dans un coin, elle découvrit un lot de gravures licencieuses, accompagné de photographies de beautés d'étalage. Certains modèles avaient posé nus, dans des attitudes lubriques.

L'un des portraits, à type de prostituée ignoble, portait cette dédicace : *A mon gros loulou d'Isidore Cambrelu.*

Un sentiment de dégoût l'envahit peu à peu à la pensée que tant d'autres avaient passé là. Il lui semblait entrer dans une promiscuité réelle avec ces créatures, qui, venues comme elle, avaient laissé sur tout ce luxe des rappels de ruisseau.

L'horrible moment était venu, et elle se demandait vaguement, en examinant les images de ces filles, à laquelle elle pouvait bien succéder en arrivant à son tour se déshabiller dans ce bouge somptueux ?

Mais il fallait s'étourdir...

Après tout, on s'habitue sans doute !

Elle ôta son bracelet, qu'elle mit sur un coin de la toilette ; puis son mal de tête augmentant, elle baigna son front pour dissiper les lourdeurs qu'elle ressentait.

Pourtant, bien qu'elle voulût la rejeter, la pensée de ce qui allait se passer, dans un instant, la poignait malgré elle, malgré tout son courage, malgré toute son audace affectée de femme résolue à ne plus regarder en arrière, à se précipiter dans cette fange... les yeux fermés, s'abandonnant au courant qui l'emportait.

Les apprêts de cette odieuse chute, dont rien ne masquait plus la brutale réalité, commençaient à l'effrayer comme un épouvantable rêve...

Comment allait-elle s'y prendre ?...

Disons-le, la pudeur est une vertu qui manque à bien des femmes. L'égarement des sens, d'ailleurs, même chez les prudes, a souvent de ces brusques surprises qui peuvent encore justifier les plus dépourvues de principes, de préjugés ou de sens moral. Mais la prostitution réelle et sans ambages veut des natures préalablement aguerries. Telle femme entretenue au mois, par un amant qui la paye et vient en maître chez elle, parle encore avec aplomb de son honnêteté.

Car, de fait, si complaisamment qu'elle s'abuse
sur ce qu'elle est vraiment, il y a encore des
degrés dans ce trafic honteux des créatures qui
se vendent. Plus d'une, certes, qu'une poursuite
de huit jours réduirait à merci, s'indignerait et
bondirait à l'idée de se livrer du jour au lendemain, comme une fille, au premier vieillard
débauché de rencontre.

Pour faire, avec cette désinvolture, de son
corps une denrée, il faut une bassesse d'âme, un
abandon voulu de toute vergogne, dont certaines éhontées, par bonheur beaucoup plus rares
qu'on ne pense, sont seules capables.

Au frissonnement qui la secoua tout à coup,
la pauvre Catherine s'apercevait avec terreur
qu'elle n'avait pas les qualités de l'emploi. Cette
fortune, dont le rêve l'avait enivrée tout le jour,
et qu'il fallait enfin ramasser dans cette boue, lui
semblait, à cet instant terrible, un abominable
leurre...

Atterrée, il lui fallut un effort pour comprendre comment elle était là...

« Mais elle avait été folle !... Elle ne pourrait
jamais !... »

Pourtant, elle voulut encore se raidir. Ne ve-

nait-elle pas déjà de jouer son rôle ?... N'avait-
elle pas déjà tout à l'heure surmonté sa répulsion « en se montrant gentille », comme disait
son parrain.

Chose étrange, elle vit sa mère lui reprochant
son manque de raison...

Elle eut peur de s'entendre appeler bête...

Elle se regardait, debout, dans une grande
glace qui lui renvoyait sa pâleur, et se considé-
rait, dans une chemise de batiste fine que sa
mère lui avait prêtée, et dont la transparence la
laissait toute nue; ses épaules et sa gorge sor-
taient d'une large échancrure garnie de dentelles
sur le devant.

Elle était prête !

A ce moment même, la porte s'ouvrit, et elle
vit entrer Cambrelu, vêtu d'un pantalon de
chambre, à pieds.

L'air vainqueur et souriant, grotesque à faire
tomber l'amour à la renverse, il s'approcha,
tandis qu'elle restait immobile, fermant les yeux,
se pétrifiant, voulant résister à sa peur...

Tout à coup, elle se sentit enserrée dans ses
bras, et il colla ses grosses lèvres visqueuses
sur son cou.

Sous ce baiser plus douloureux qu'une morsure, Catherine tressaillit dans tout son être. Un
bondissement de dégoût lui souleva le cœur,
comme une nausée... Une épouvante folle la
saisit, si insurmontable et si soudaine, que, dans
le mouvement brusque qu'elle fit pour se dégager, elle alla se heurter violemment contre un
meuble.

Tout surpris de ce retour de défense peu prévu,
Cambrelu se mit à rire.

— Mais, petite bête, qu'est-ce que t'as?...

Et, doucement, comme s'il eût compris qu'il
était encore besoin de l'apprivoiser, il se rapprocha la mine souple et câline.

Toute effarée, elle se recula avec un cri d'effroi.

— Laissez-moi ! laissez-moi ! dit-elle.

Ne voyant là qu'un jeu pour exciter son désir,
Cambrelu, toujours riant, se mit à la poursuivre.
Il réussit à la ressaisir dans ses bras.

Égarée par la peur, la malheureuse se débattait sous les brutales étreintes, étranglée par
l'angoisse, frissonnante, éperdue, se tordant pour
esquiver des caresses... Sa chair criait, se ré-
voltait!... Et, dans une véritable terreur verti-
gineuse :

— Non, non, je ne veux pas!... criait-elle, je ne veux pas!...

Mais Cambrelu la retenait de force.

— Voyons, c'est de la bêtise! reprit-il. Voyons, ma petite chérie!...

— Non, non, je vous dis que je ne veux pas! répétait-elle. Je vous en prie, laissez-moi... Pas aujourd'hui!... je vous dis que je ne veux pas!

Et, dans un effort désespéré, elle réussit à se dégager encore une fois.

Il y eut alors une sorte de trêve. Cambrelu, la regardant ahuri, soufflant, poussif, était tombé sur une causeuse, mis tout en eau par cette incroyable lutte... Il n'y comprenait plus rien.

Enfin, au bout d'un instant, la croyant apaisée, il aborda la douceur.

— Mais, petite toquée, reprit-il insinuant, il faudra bien toujours !... Voyons, de quoi as-tu peur ?... Tu sais bien que c'est comme femme du monde... et pas comme cocotte!...

A cette distinction si grossière et si stupide, et qui la mettait encore plus bas, la pauvre Catherine eut comme l'impression d'un dernier crachat en plein visage. — L'imbécile lui faisait manger la boue dans laquelle elle se sentait tombée.

8

— Enfin, puisque tu es là, continua-t-il,
qu'est-ce que ça te fait?... Est-ce drôle que tu sois
comme ça... quand il y en a tant d'autres à qui ça ne
fait rien ?... Tiens, regarde ce que je t'apportais...

Et il lui montra deux liasses de billets de
banque, qu'il fourra dans sa chemise ouverte et
qui tombèrent, s'éparpillant sur le tapis.

Devant cette résistance entêtée, sur laquelle il
ne lui était plus possible de s'abuser, le marchand
de guano resta atterré.

A son tour, il eut presque peur de l'état d'agitation effrayante où il la voyait.

— Allons, allons, calme-toi, reprit-il, à un
geste de recul qu'elle fit encore comme il bougeait!... Tiens, je reste là !... Je ne t'approche
pas... Causons, comme deux amis. Qu'est-ce que
je veux moi?... C'est que tu sois contente, et
que tu me laisses faire ton bonheur, en honnête
homme, comme à ma petite femme...

Elle ne répondit rien; sans le quitter des yeux,
la malheureuse attirait vers elle ses vêtements
épars sur le tapis...

— Eh bien, voilà que tu vas te rhabiller?...
reprit-il. Puisque tu es venue. Regarde si ça
a du bon sens... et si tu n'es pas une petite sotte?

— Oui, je suis bête, répondit-elle fiévreusement ;
mais que voulez-vous !... Je ne peux pas ! C'est
plus fort que moi... Je vous en prie, laissez-moi
m'en aller aujourd'hui... Je ne peux pas !.. Une
autre fois, j'aurai plus de courage ! Aujourd'hui,
je suis malade... Cela me fait peur !... Tenez...
regardez, vous voyez comme je suis pâle et que
je pleure... C'est plus fort que moi, je vous dis !..
Je ne peux pas !.. je ne peux pas !...

A ces mots, elle tomba sur sa chaise en fon-
dant en larmes.

Cambrelu ne savait plus que dire. La pauvre
Catherine, à bout de forces, brisée par les émotions de cette ignoble lutte, effarée de honte,
sous les regards de ce vieux, laissait couler ses
pleurs, en couvrant sa poitrine de sa jupe, pour
voiler sa nudité...

Cette terreur était si navrante, qu'il n'osa plus
lui-même poursuivre son œuvre, sentant bien,
devant cette répulsion effrayante, qu'il en serait
pour ses frais d'inutile brutalité.

— Allons, allons, mon petit chéri, dit-il penaud, ne te désole pas... Puisque tu es souffrante,
voilà tout... Ça sera pour une autre fois.

— Oui, répondit-elle.

D'une main encore toute tremblante, elle se rhabillait, piétinant sur les billets de banque épars, que Cambrelu s'empressa de ramasser, les recomptant avant de les faire rentrer dans sa poche.

— Tiens, il y en a pourtant vingt « de mille! », dit-il, en les lui montrant avec un soupir.

— Oui, oui... ce sera pour une autre fois, répéta-t-elle machinalement, en se hâtant sans détourner la tête.

En cinq minutes, elle fut prête. Il lui proposa de la reconduire. Il n'était pas tard, elle refusa.

Alors, tout anxieuse, ne sachant plus comment elle était entrée là, elle chercha une porte...

Il la devina.

— Je vais t'accompagner jusqu'en bas, dit-il, tous mes domestiques sont couchés.

Comme ils allaient passer le seuil :

— Tiens, tu oublies ton bracelet... exclama-t-il.

— Une autre fois, une autre fois, répondit-elle sans s'arrêter.

En repassant par la chambre devant ce lit ouvert, et tout préparé pour elle, elle fut reprise d'un sentiment d'épouvante. comme à la vue d'un gouffre de fange et de boue... Elle avait encore

peur d'y tomber... Elle descendit le grand escalier monumental, si empressée de s'enfuir, que
Cambrelu avait peine à la suivre.

— Eh bien, à demain, mon chéri ! dit-il,
lorsqu'il eut gagné le péristyle. J'irai te voir chez
toi, à trois heures, n'est-ce pas ?...

— Oui, oui ! répondit-elle.

8.

XVII

Sortie enfin de l'hôtel, Catherine respira, comme si elle se fût échappée de quelque caverne...

D'instinct, elle prit son élan, droit devant elle, tremblant d'être poursuivie, n'ayant qu'une pensée, celle de s'éloigner de ce lieu, de cette rue... Elle atteignit en courant l'esplanade des Invalides.

Dans les quinconces, tout était désert. Pourtant, quelques boutiques étaient encore ouvertes. A l'horloge d'un cabaret, elle vit qu'il était minuit.

Épuisée, elle entra sous les arbres, et, une fois là, tomba sur un banc de pierre, cherchant à se retrouver, à fixer ses idées... Mais une sorte de torpeur paralysait son cerveau, engourdissait ses membres...

Saisie par la vive impression du grand air, elle s'aperçut bientôt que ces fumées du vin dont elle avait ressenti l'effet, dans le cabinet de toilette, et qui s'étaient presque dissipées sous les affres de ses terreurs, l'assaillaient tout à coup de nouveau. Son regard se troublait, tout tournait autour d'elle ; un affreux malaise l'envahissait.

Elle comprit qu'elle était ivre !

Terrifiée par la peur de ne pouvoir aller plus loin, elle se raidit, et, s'armant de toute sa volonté, s'imposant un effort inouï, elle se leva et repartit.

Au bout de quelques pas mal assurés, elle s'arrêta, sous l'empire d'une nouvelle crainte.

Rentrer chez elle, n'était-ce pas s'exposer à retrouver Cambrelu ?...

Si, déjà, il l'avait devancée rue Laborde, s'il l'y attendait ?...

Reprise par l'effroi, cette idée étrange lui vint d'aller chez son parrain, qui du moins la défendrait.

Ne songeant plus que, à cette heure, Sainte-Périne serait fermée, elle rebroussa chemin et se dirigea vers le bord de l'eau.

Elle allait, marchant, pressée sous l'obsession de ce raisonnement fixe et tenace des gens ivres

que rien n'arrête dans leurs caprices fous. Ce quai
tout désert, ce grand silence de la nuit, sous un
ciel bas et sombre, la rivière profonde qui faisait un abîme noir derrière le parapet de pierre
blanche... Tout cela lui était indifférent.

Aux maisons de plus en plus espacées n'appa-
raissait plus une lumière.

Que lui importait ?

Parfois, quelques gens attardés la croisaient,
sans même qu'elle les vît. Elle ne songeait qu'à
atteindre la rue du Point-du-Jour, à franchir cette
entrée qu'elle connaissait si bien, à traverser le
jardin dans sa largeur, pour aller frapper à la
fenêtre de son parrain. [5]

Soutenue par une énergie extraordinaire, domp-
tant son malaise affreux, contraignant son corps
brisé de fatigue à se soutenir, à avancer quand
même, comme une hallucinée, elle arriva à Auteuil, et s'engagea dans le dédale des avenues.

A la clarté blafarde des becs de gaz, elle s'o-
rientait mal. Plus d'une fois elle crut toucher au
but; mais, arrivée devant quelque grille monumentale, elle ne se retrouvait plus.

A un moment elle s'assit sur une borne, ses
forces étaient à bout, elle avait froid, elle voulut

repartir… Mais tout à coup, un étourdissement la saisit, comme un vertige… ses jambes se dérobèrent, le sol lui parut s'effondrer.

Elle fit un effort suprême pour dominer cet anéantissement qui la gagnait. Un cri désespéré sortit de sa poitrine, et elle s'affaissa comme une masse, inanimée, évanouie.

XVIII

Lorsque Catherine se retrouva, il faisait grand jour. Elle se vit, couchée dans un lit à rideaux de perse, dans une chambre qu'elle ne connaissait pas.

L'esprit tourmenté, fiévreux, elle regarda stupéfiée autour d'elle, sans pouvoir comprendre comment elle était là.

Près d'une des fenêtres ouvrant sur un jardin, elle aperçut une femme qui semblait la garder...

Dans son cerveau agité, les idées se mêlaient, se heurtaient vagues, confuses, comme secouées par une sorte de délire. En dépit de ses efforts, elle n'arrivait pas à saisir le moindre fil qui pût la guider dans les ténèbres de cet insondable chaos.

Tout à coup, la femme fit un mouvement et leva la tête. Son regard rencontrant les grands yeux sombres de Catherine, elle se pencha à la fenêtre, fit un signe de la main, en jetant ces mots d'une voix claire :

— Viens! elle est réveillée!...

A ces paroles, un odieux rappel frappa la pauvre Catherine, qui frémit dans tout son être... Comme en une vision horrible, elle revit la scène de la veille à l'hôtel Cambrelu, et son épouvante folle...

Pourtant, elle s'était enfuie... Elle retrouva cette sensation de lourdeur, de fatigue, d'épuisement, qui l'avait surprise.

Elle se rappelait qu'elle était tombée... Puis c'était tout... le reste lui échappait.

Mais, tout à coup, une pensée lancinante l'épouvanta de nouveau... Elle se crut encore chez lui... « Il l'avait rejointe, et l'avait ramassée, emportée évanouie, sans qu'elle en eût conscience. »

En cette femme qui était là, elle crut reconnaître une des filles dont elle avait découvert les portraits, et qui était là sans doute pour aider à quelque lâche violence.

Un affreux désespoir la saisit.

— Non, non, je ne veux pas qu'il vienne!..
s'écria-t-elle.

Et elle voulut s'élancer du lit, la jeune femme
essayant de l'apaiser. Mais Catherine se dé-
gagea avec une énergie farouche.

— Non, non, vous êtes une misérable!.. Je
ne veux pas!.. je ne veux pas!...

A ce moment, la porte de la chambre s'ouvrit,
et un homme à cheveux grisonnants se montra
sur le seuil. Catherine le regarda effarée, tandis
que la jeune femme, se tournant vers lui :

— Viens m'aider à la maintenir, dit-elle, la
pauvre enfant a encore le délire.

Mais, à la vue d'un étranger qui pouvait la
protéger, Catherine eut un autre transport.

— Oh! je vous en prie, s'écria-t-elle, ne me
quittez pas... Il est là... Elle vient de l'appeler...
Vous me défendrez... Je ne veux pas !

— Mais il n'y a là personne, répliqua-t-il d'un
ton calme et ferme, c'est moi que ma femme a
appelé dans le jardin pour vous soigner... Allons,
chassez vite toutes ces idées de fièvre, et regardez-
moi bien... Ne reconnaissez-vous pas votre ami,
le docteur Jean Lorrain?

A cette voix qu'elle avait souvent entendue,

Catherine fit pourtant encore un effort pour se
lever.

— Oui, je vous reconnais, reprit-elle. Mais ra-
menez-moi à la maison, je ne veux pas rester
chez lui... C'est plus fort que moi, je vous dis.
Je ne peux pas!... J'aime mieux qu'il garde ses
vingt mille francs!...

— Eh bien, c'est entendu, ajouta Jean Lorrain
du ton dont on parle aux fous ou aux hallucinés.
Seulement, il faut vous tenir bien tranquille et
ne plus avoir peur de rien... Ici, vous êtes chez
moi, à Auteuil.

Atterrée, elle le regardait, encore défiante.

— Je suis chez vous !... répéta-t-elle.

— Sans doute!... Voyons, peureuse, reprit-il,
rappelez-vous : hier soir, vous vous êtes sentie
malade, n'est-ce pas ? Vous êtes tombée, dans la
rue ; des gens vous ont trouvée, et, en quête
d'un médecin, sont accourus me chercher. Je
vous ai reconnue... Et vous vous réveillez chez
moi. — Tenez, c'est ma femme qui est là... Nous
avons passé la nuit auprès de vous.

A ce langage ami, Catherine, recouvrant peu à
peu le souvenir, se laissa aller à ce qu'on exi-
geait d'elle. Elle se sentait brisée de tous ses

9

membres; et, dans sa tête alourdie, ses pensées se confondaient toujours, sans qu'elle pût les fixer.

— C'est un fort ébranlement, voilà tout! dit Jean Lorrain à sa femme. Cette fièvre-là va se résoudre d'elle-même avec les émotions qui l'ont amenée. Dans quelques jours, il n'y paraîtra plus.

Catherine entendait vaguement, mais pourtant avec assez de lucidité pour ressaisir un à un les rappels de la veille : le cabinet de toilette chez Cambrelu, sa lutte... Puis sa course ahurie par le quai, par les rues... cette affreuse ivresse...

Quelques heures lui échappaient, pendant lesquelles elle avait conscience de s'être défendue contre des terreurs folles ; et enfin elle se retrouvait dans cette chambre.

Ses vêtements souillés étaient jetés sur un fauteuil.

Comme le docteur prenait son poignet pour lui tâter le pouls, elle abaissa son regard et se vit dans cette chemise garnie de dentelle, ouverte à la laisser presque nue, et qui trahissait tout.

Elle eut un geste effaré de honte en rencontrant les yeux de la jeune femme.

— Allons, allons, reprit Jean Lorrain à demi bourru dans ses façons, pas d'agitation! Du calme et de l'obéissance !... C'est entendu, nous savons tout. Vous avez assez bavardé toute la nuit dans la fièvre... et vous avez tout dit de cette vilaine affaire où votre mère vous a jetée. Vous en êtes réchappée, en créature qui n'est pas bonne à ces choses-là... C'est tout ce qu'il faut ! Pour le moment, vous n'avez plus rien à craindre, vous êtes en sûreté... Et vous allez prendre ce chloral qui va vous faire dormir et vous empêcher de penser...

— Ah ! monsieur, si vous saviez !... s'écria Catherine.

— Bon, bon, nous causerons plus tard ! répliqua le docteur. Buvez-moi ce sommeil, ou je me fâche !

Jean Lorrain, le célèbre professeur de la Faculté, que ses découvertes en physiologie ont placé au niveau des Claude Bernard et des Pasteur, avait été le maître de Victor Surville, qu'il avait associé à quelques travaux, où l'élève avait commencé à se faire un nom. Il avait été un des témoins du mariage de la fille d'Ida. A la fois protecteur et ami, il avait tout su des joies et des tristesses du jeune ménage, et, à l'heure de ce dénouement tragique, qui était survenu au bout de

deux années, ç'avait été sur ses conseils, et avec
son aide, que Victor Surville était parti pour
l'Amérique, et les hautes relations du maître lui
avaient assuré là d'emblée une belle position,
qui était presque déjà une fortune.

Jusqu'à cette aventure étrange qui l'avait
amenée dans sa maison, Jean Lorrain n'avait
plus revu Catherine.

Indulgent comme tous les grands esprits, que
des facultés rares élèvent au-dessus du grouille-
ment des misères humaines, en la retrouvant sur
le bord de cette sentine du vice, où il avait presque prévu qu'elle devait fatalement tomber, le
philosophe, en lui, s'était ému curieusement de
cette lutte finale où elle s'était débattue.

Les aveux de ce délire, ces terreurs effrayantes,
qui lui avaient tout dévoilé, cette révolte in-
stinctive de la chair l'avaient en même temps
frappé comme un de ces cas pathologiques particuliers, qui déterminent de si étranges phéno-
mènes dans l'organisme de la femme, et qui
déroutent jusqu'aux savants...

Il avait connu par expérience le terrible combat pour la vie, et les étreintes de la misère, et
cet âge de fer que les forts seuls savent traverser

sans faiblir. Il portait donc, dans sa grande
âme, une naturelle compassion qui prenait sa
source plus haut que les conventions ou que les
préjugés vulgaires. La sincérité de cette horreur,
que la pauvre folle avait ressentie au moment
d'une abominable chute, l'avait navré ; car, s'il
n'avait jamais rencontré Catherine, Jean Lorrain
pourtant s'était parfois renseigné sur sa vie.

Attaché à Victor Surville par une affection
vive, et prévoyant que le malheureux n'oserait
pas s'informer, ni jamais lui reparler de sa
femme, allant au devant d'un triste sentiment de
pudeur, sous prétexte de lui donner des nouvelles
de son enfant, dans leur correspondance suivie,
il ajoutait souvent quelques mots relatifs à la
mère : heureux qu'il était de pouvoir le rassurer
sur des apparences de conduite, qui, jusqu'alors,
avaient du moins sauvegardé son nom.

A ce hasard jetant Catherine sur ses pas, en
pareille détresse, il n'avait donc point hésité à
tenter une dernière chance de salut, dont sa solide amitié pour son élève lui faisait presque un
devoir, n'eût-il point déjà ressenti la pitié d'un
homme de cœur, devant cette misère se révol-
tant éperdue dans les horreurs du vice.

XIX

Après un sommeil lourd qui l'avait tout à fait calmée, Catherine se réveilla vers quatre heures, et trouva à son chevet Aymar de Trédec, que Jean Lorrain avait envoyé chercher.

— Eh bien, fillette, dit-il, eh bien, qu'est-ce que nous avons?

— Ah! c'est vous?

— Parbleu! en chair et en os.

— C'est vous!... répéta-t-elle toute rassurée et joyeuse.

— Oui, mais ne pas battre la campagne! On n'est pas ton parrain pour des prunes... Le docteur m'a tout raconté...

— Est-ce que je suis bien malade? demanda-t-elle.

— Peuh! reprit-il en riant, une secousse, un petit coup de marteau! Affaire de courbature.

— Alors, vous savez... ?

— Tout le bataclan de l'histoire. Le marchand de guano t'a été trop dur, et tu en as eu une indigestion, voilà tout!... Ça ne sera rien! L'important, c'est de ne pas s'en faire mourir, et de n'y plus penser... Tu es ici chez des amis... Pour le quart d'heure, tu n'as donc aucune raison de te tourmenter. Il te faut quelques jours pour te remettre, nous sommes là!... et, après cela, nous verrons.

— Mais, mon enfant? dit Catherine, du fond de ses anxiétés.

— Tout est prévu. On a averti ta mère, qui va te l'amener... Tiens, justement, écoute sa voix suave, la voici!

A ce moment, en effet, on entendait Ida s'exclamant dans la pièce voisine.

Presque aussitôt, la porte s'ouvrit brusquement, et elle se précipita comme une bombe avec l'enfant; madame Lorrain les suivait.

— Mon Dieu! ma fille!... s'écria Ida en s'élançant vers le lit et jetant ses deux bras autour du cou de Catherine d'une façon tragique. — Ma fille... comment vas-tu?

A cette exagération de sensibilité maternelle,
Catherine répondit du mieux qu'elle put, en assurant qu'elle se sentait complètement guérie.
Puis elle embrassa son fils avec une explosion de
tendresse, comme si elle le retrouvait, tout à coup,
après l'avoir cru perdu.

— Tu es malade, maman ? dit le pauvre petit
tout chagrin.

— Non, non, ce n'est rien, ne pleure pas !...

Durant ce temps, madame Lorrain s'efforçait
d'apaiser Ida, qui continuait ses jérémiades.

— La, la, pas tant de bruit, que diable ! dit le
vicomte Aymar, en faisant asseoir sur une chaise
cette mère éplorée, puisqu'il n'y a plus de danger, il n'est point nécessaire de nous étourdir.

Par discrétion, madame Lorrain crut devoir
se retirer.

Rassurée enfin sur Catherine, Ida, en se retrouvant en famille, changea subitement de ton.

— Ah çà, tu en fais de belles ! dit-elle avec
une colère sourde. Il est venu chez moi. Qu'est-
ce que c'est que toutes ces singeries-là ? Tu n'es pas
honteuse de nous mettre dans des états pareils,
que nous ne savions pas ce que tu étais devenue,
ce matin.

Sous cette avalanche de reproches, Catherine fit un mouvement douloureux.

— Oh ! ma petite Ida, tu vas te taire et ne pas la tourmenter, n'est-ce pas ? dit Aymard intervenant soudain. Je te ferai observer que tu prends mal ton temps pour tes semonces.

— Mais c'est dans son intérêt, c'est pour son bien, c'est de son avenir qu'il s'agit.

— D'accord...

— Et vous savez bien, vous, qu'une occasion pareille est une chance rare... et qu'il faut la saisir aux cheveux...

— Quand elle en a !... riposta en riant le parrain, ne pouvant se défendre de plaisanter la calvitie de Cambrelu.

— Bon, bon, je sais ce que je dis, répliqua Ida, piquée. En tout cas, mon cher, ce n'est pas vous qui lui ferez des rentes, n'est-ce pas?

— Mais puisqu'elle n'a pas pu !... reprit Aymar en forme d'excuse.

— Elle n'a pas pu !... En voilà une bêtise !... Comme si ça ne se pouvait pas toujours, quand on a de la raison !... Tout ça, ce sont des mauvais conseils... Ah ! je sais bien, allez : c'est vous qui la détournez de se faire une position.

9.

L'entretien menaçait de s'aigrir, quand, pour l'accommodement des deux parties, Jean Lorrain parut.

On se tut aussitôt. Ida reprit sa pose de mère sensible. Au bout d'un instant, voyant que Aymar restait installé :

— Allons, viens, mon chéri ! dit-elle à l'enfant ; il est temps de repartir, ton grand-père nous attend.

Catherine, qui avait gardé son fils assis sur son lit, l'embrassa d'un air triste.

Jean Lorrain la devina.

— Vous ne l'avez pas assez vu ? dit-il. Eh bien, voulez-vous que l'enfant reste avec nous ? On le soignera avec les miens.

A cette proposition, Catherine eut un cri de joie. Ses yeux, secs jusqu'alors, se remplirent de pleurs : elle éclata en sanglots.

— Enfin ! voici de bonnes larmes ! reprit le docteur. Le cœur se dégonfle ; bon signe.

Ida, n'osant s'opposer à cet arrangement, s'en retourna inquiète.

XX

Après avoir fait craindre une méningite, l'état de Catherine se résolut en une de ces prostrations nerveuses qui suivent les émotions trop violentes. Les terreurs et le délire calmés, comme à miracle, par les soins qui l'entouraient, elle avait trop de fougue dans son caractère mobile pour ne point se reprendre à l'exagération même de ses espérances de salut.

Elle ne se sentait plus abandonnée, et, sous cette protection solide de Jean Lorrain, qu'elle retrouvait pour la première fois depuis sa séparation, il lui semblait entrer dans une autre existence qui la reliait presque à son mari. Rachetée, libérée du vice, prête à subir cette volonté droite qui allait la guider, la soutenir, elle n'était plus

seule livrée à sa faiblesse, à cette déraison qui
l'avait perdue.

— Il s'agit d'oublier les mauvais rêves pour se
remettre sur pied ! avait dit Lorrain de son ton
de commandement, nous verrons après, ma
femme et moi, à arranger votre vie et celle de
cet enfant que vous aimez, et dont il faut faire
un homme !

Trois jours plus tard, la fièvre ayant cédé, Catherine, appuyée sur le bras de madame Lorrain, qui lui avait prêté une de ses robes de
chambre, put descendre au jardin, où couraient
les enfants. Assises toutes deux sous une tonnelle, Catherine respirait heureuse de se sentir
revivre.

Chose étrange ! après deux années de ménage
qu'elle avait traversées comme une folle, elle
ne savait rien de cette vie familiale, tendre et
vraie, qu'elle n'avait point su comprendre. A la
forme de ces soins qu'elle voyait à madame
Lorrain pour tout ce petit monde, et pour son
fils, elle s'apercevait que, dans ses caresses
exaltées, elle n'avait même jamais été mère.

Et, sérieuse, réfléchie, elle admirait cette sérénité franche de la conscience et du bien, chez

une nature équilibrée par le cœur, et par ce sens moral d'honnête femme qui lui manquait.

Beaucoup plus jeune que son mari, qu'elle adorait, madame Antoinette Lorrain, avait trente-deux ans, jolie plutôt que belle, avec de ces grâces de caractère enjouées que donne le bonheur fondé sur la raison. Un peu enthousiaste, d'un esprit vif et cultivé par cette haute intelligence qui, par son seul contact, avait fait d'elle presque une femme supérieure, elle portait en elle un charmant prestige, et comme une sorte de désinvolture de pensées : lesquelles, ainsi qu'elle le disait en riant volontiers d'elle-même, « fleuraient comme baume les beaux discours de son savant ».

— Mon Dieu ! vivre ainsi, aimée, protégée, estimée, se disait Catherine avec des retours sur elle-même.

Et, sans savoir pourquoi, prise d'un élan inconscient qui lui partait du cœur, elle appelait son fils pour l'embrasser.

Au milieu de l'après-midi, le vicomte apparut sur ses jambes branlantes.

Il allait monter le perron.

— Par ici, monsieur de Trédec, lui cria gaiement

madame Lorrain, venez admirer notre malade qui
court les champs !

— Ah bah ! répliqua le parrain arrivant de
toute sa vitesse, en reculant d'un pas sur deux.

C'était par une belle journée d'août ; le jardin
était charmant, dans les fraîcheurs d'ombre de
ses grands platanes.

Sous les vignes vierges et les chèvrefeuilles en
fleur, Catherine était à demi étendue sur un large
fauteuil de canne ; un peu pâle encore, mais l'œil
reposé, souriant, quelque chose de tranquille,
d'apaisé dans toute sa personne.

Elle assortissait les laines d'une tapisserie de
madame Lorrain. A quelques pas, les enfants
jouaient aux quilles, le petit de Catherine embarrassant les jambes des grands, qui le mêlaient
complaisamment à leur partie.

— Hein ! mais c'est une idylle, ce tableau-là,
dit le parrain en acceptant la chaise que madame
Lorrain lui prépara gentiment.

En dépit de son ton de vieux dandy osé, qui
empruntait au besoin à l'argot du boulevard et
des clubs ses expressions les plus caractéristiques,
le parrain, avec son tact d'homme du monde, ne
manquait pas de modifier son langage devant

madame Lorrain, retrouvant les belles formes d'un habitué des salons.

Tout en gardant néanmoins cette désinvolture qui lui était une grâce, il eut bientôt donné à l'entretien une allure vive et pimpante, faisant rire les deux femmes par ses saillies originales, amusant jusqu'aux enfants mêmes.

L'hôtesse, d'humeur bienveillante et gaie, riait de tout son cœur, tout en tirant les points de sa tapisserie et ripostait avec beaucoup d'à-propos.

Soudain, au courant de la causerie :

— Vous ne savez pas ce que nous avons comploté ? dit madame Lorrain.

— Quoi ?

— Votre filleule va devenir notre voisine. Il y a en face, dans la rue, dans cette maison que vous pouvez admirer d'ici, un petit appartement à louer. Nous avons décidé que madame Surville va le prendre pour rester près de nous. Nous en sommes là.

A peine échappée du gouffre, et encore courbée sous l'affreux souvenir de honte, à ces paroles qui étaient pour elle un relèvement si généreux, Catherine se sentit émue, troublée à ne pouvoir répondre.

— Mon Dieu, ce serait un beau projet, soupira-t-elle ; mais, malheureusement, il est inexécutable.

— Bah ! bah ! nous arrangerons cela !

— Que vous êtes bonne ! s'écria Catherine en saisissant la main de madame Lorrain, qu'elle porta à ses lèvres avec effusion.

— Hé ! reprit la jeune femme, j'aurai bien aussi ma part dans ce gentil voisinage-là. — Eh bien, voilà que vous pleurez ?... Oh ! la petite vilaine ! Fi ! que c'est laid ! Grondez-la, monsieur le parrain !

Il y avait tant de grâce et de bonté dans cet encouragement d'honnête femme, tant de délicatesse et de persévérance à couvrir ainsi de son intégrité le malheur de la pauvre Catherine, que, bien qu'il n'eût pas positivement l'âme sensible, le vicomte Aymar ne put se défendre d'une légère velléité d'émotion.

Cette atmosphère saine de bonheur et de sentiments purs le gagnait malgré lui.

— Allons, allons, ma fille, dit-il, dominant bien vite ce léger trouble, tu es tombée ici en plein paradis.

Et, d'un mouvement spontané, tendant ses

deux mains ouvertes à madame Lorrain :

— C'est bien vrai que vous êtes un ange !
ajouta-t-il.

Madame Lorrain essayait de récuser cet éloge,
quand elle fut interrompue par une domestique
qui, apparaissant sous la tonnelle, annonça à
madame Surville qu'un monsieur demandait à
lui parler.

— Voici sa carte, ajouta-telle.

En lisant le nom de Cambrelu, Catherine
devint toute pâle.

— Oh ! mon Dieu ! dit-elle avec un mouvement de confusion.

— Qu'est-ce que c'est ?... demanda Aymar.

Et, ayant lu à son tour.

— Comment ! il ose ?... Le malotru !...
poursuivit-il essayant de se lever.

— Laissez, laissez, dit madame Lorrain. Et
ne craignez rien, mon enfant.

Puis, se tournant vers la domestique :

— Marie, répondez à ce monsieur qu'il est
ici chez madame Lorrain, qui ne le connaît pas...
et qui, par conséquent, ne le reçoit pas !

La servante éloignée, Catherine resta toute tremblante. Le vicomte et madame Lorrain avaient

beau la rassurer. Il lui semblait qu'un nouveau malheur se préparait, qu'elle courait encore un danger.

Après un instant, la domestique reparut.

« Le monsieur insistait, refusant absolument de se retirer sans avoir vu madame Surville. Il s'agissait d'une affaire très importante. »

— Mais cet homme est un insolent! dit madame Lorrain.

— A mon tour, laissez-moi faire, madame, répliqua Aymar, cela me regarde. — Aidez-moi à me lever, ma fille, ajouta-t-il en s'adressant à la servante, je vais aller lui dire un petit mot à cet entêté...

Une fois sur ses jambes, le vicomte se mit en marche.

Il trouva Cambrelu qui se promenait devant le perron.

— Hé! c'est ce cher monsieur Aymar de Trédec, s'écria le marchand de guano, de son ton le plus aimable, et en tendant la main.

— C'est bien! c'est bien!... Bas les pattes, monsieur! répondit Aymar en le toisant du haut en bas de son air le plus dégagé. Vous venez ici, dit-on, pour voir madame Surville..., qui ne veut pas vous recevoir... Je me présente à sa place pour vous reconduire, puisqu'il paraît que vous ne savez pas retrouver la porte.

— Mais, monsieur, reprit Cambrelu en se redressant, je viens envoyé par sa mère... Et il me semble...

— Ce qu'il devrait vous sembler, monsieur, c'est que votre démarche est une inconvenance... Donc, housse ! daignez m'emboîter le pas, jus-qu'à votre équipage.

— Mais ce ton, monsieur...

— Ce ton, monsieur, signifie, je le répète, que madame Surville, n'accueillant point votre visite, si, en ce moment, ou dans la suite, vous insistiez pour la troubler, en quoi que ce soit, j'aurais l'honneur de vous fiche des calottes...

— C'est bien, monsieur, je sais ce qu'il me reste à faire, répondit bravement Cambrelu, en faisant deux pas en arrière.

— A Sainte-Périne, monsieur, tous les ma-tins, je suis visible, et, tout démoli que je suis, assis, je tire encore le pistolet comme un ange.

Le vicomte accompagna ces mots d'un salut sec et ironique. Cambrelu tourna les talons et dévala.

La grille refermée derrière lui, Aymar regagna la tonnelle.

— Eh bien, dit-il, il est parti !... Nous nous sommes entendus comme deux amis.

Le soir même, les enfants couchés, comme Jean Lorrain avait décrété que la convalescente pouvait se permettre un peu de veille, Catherine était près d'Antoinette au salon, tandis que le savant lisait.

— Ah ! à propos, Jean, dit madame Lorrain, tu sais ce que cette grande enfant prépare... ?

— Quoi donc ? demanda-t-il.

— Imaginerais-tu jamais que madame fait la discrète, et qu'elle prétend qu'il lui est impossible de s'installer en face, à deux pas de nous ?...

— Hélas ! chère madame, reprit Catherine en soupirant, être discrète, après ce que je vous dois, ce serait vous méconnaître et manquer de reconnaissance !...

— Alors, donc ?...

— Vivre près de vous, ce serait un enchantement... mais il y a à ce bonheur-là une difficulté insurmontable.

— Cette fameuse difficulté est-elle un mystère ?... demanda Antoinette.

— Un mystère, avec vous ?... grand Dieu, j'en rougirais !.. Mais c'est ma pauvreté, voilà tout !

— Votre pauvreté !... Voyons donc, voyons donc, faisons nos comptes, dit Lorrain en secouant la tête. Confessez-vous. Qu'est-ce que vous gagnez avec vos leçons ?...

— Cent trente francs par mois, répondit Catherine; en moyenne, douze cents francs par an... Et le loyer de ce joli logement en coûterait huit cents.

— Eh bien, reprit-il, la pension de votre mari pour l'enfant, jointe à votre travail, suffirait à tout cela.

— Une pension ?... Mais je n'ai que ce que je gagne ! reprit Catherine étonnée.

— Comment ?... s'écria Lorrain, votre mère ne vous donne-t-elle pas les deux cents francs qu'elle reçoit mensuellement pour vous ?...

— Mais vous vous trompez ! répondit Catherine. Ma mère ne reçoit rien, et n'a jamais rien reçu !

— Ah ! parbleu ! reprit-il, il fait beau dire que je me trompe !... Je me suis chargé, depuis deux ans, de régler avec elle cette affaire-là !

Bien qu'elle connût sa mère, en apprenant une telle nouvelle, la pauvre Catherine demeura toute ébahie. Elle n'avait jamais prévu une aussi indigne escroquerie.

Lorrain, devinant tout, s'empressa de relever son courage par la perspective de cette aide qui lui permettrait de s'installer près d'eux.

— Hélas ! vous ne connaissez ni elle, ni mon beau-père, dit-elle en soupirant ; ils garderont tout, comme depuis deux ans !...

— Oh ! non, oh ! non, je vous le garantis ! s'écria-t-il.

— Que pourrais-je faire ?

— Vous ne ferez rien !... Seulement, comme c'est moi qui leur porte cet argent le premier de chaque mois, à partir de ce jour, c'est à vous que je le remettrai, voilà tout !

Le lendemain, l'appartement d'en face était loué.

Huit jours suffirent pour amener le complet rétablissement de Catherine, qui ne pouvait encore croire à tout ce bonheur tenant du miracle. Assurée contre la misère, soutenue par une de ces protections solides qui s'imposent, son sauvetage accompli par enchantement, et comme en villégiature dans la maison d'Auteuil, en attendant que son nouveau logis fût installé, tout cela lui paraissait un songe.

Le ménage Lorrain jouissait d'un de ces bonheurs sûrs, qui reflètent autour d'eux quelque chose de leur sérénité, de leur plénitude. D'un côté, cette douce tutelle, ferme et dévouée qui s'étend sans cesse sur l'être aimé, et le garde de tous les heurts de la route ; de l'autre, cette confiance absolue, une soumission douce, fière et ravie de s'abandonner aveuglément au bras qui la guide. Pas un nuage ne troublait l'union de ces deux êtres, qui avaient mis toute leur vie dans leur affection commune.

Avec son caractère extrême en tout, Catherine fut aussitôt conquise par ce train charmant d'existence, où le devoir paraissait riant et facile ; des réflexions sages l'assaillaient, des retours sur un passé follement saccagé se mêlaient à des regrets, à des aspirations vers un idéal de vertu. Au contact de cette épouse loyale, si sincèrement aimante et dévouée, elle se revoyait dans son ménage, trompant, mentant, toujours frivole et mordant la main qui la soutenait.

Puis elle songeait à son horrible chute.

D'ordinaire, après dîner, quelques amis de
Lorrain survenaient : tous gens supérieurs, ani-
més de ce souffle et de cet esprit qui plane en des
régions inconnues du vulgaire.

Elle en connaissait quelques-uns d'autrefois.
On parlait de tout, avec cet abandon qui révèle
une force, une valeur réelle ; des aperçus d'esthétique transcendante se mêlaient aux digres-
sions plaisantes, et tout cela, simplement, comme
chose naturelle à ces intelligences d'élite fami-
liarisées avec tous les sommets.

Catherine écoutait, se reportait aux heureux
jours.

Ces causeries enjouées du soir, sous les arbres
du jardin, avaient pour elle un indicible attrait.
Elle s'y abandonnait, rassérénée, convertie, se
reprenant à toutes ces belles et généreuses idées
avec la même facilité qu'elle les avait reniées.

A la nuit, on rentrait au salon. Le talent de pia-
niste de Catherine était apprécié par cet auditoire
d'un goût fin et sûr. Lorrain, très fort en matière
d'art, lui donnait même quelques conseils, pour
certains passages d'expression qu'il avait entendus par les maîtres.

Un soir, comme on lui avait demandé du Men-

delssohn, elle attaqua les premières mesures du
Songe d'une nuit d'été. Mais, tout à coup, elle
s'arrêta, se rappelant qu'il y avait à peine quinze
jours, c'était précisément ce morceau qu'elle
avait joué à l'hôtel Cambrelu...

Incapable de continuer, elle se leva, affreuse-
ment troublée, invoquant pour prétexte qu'elle
ne se souvenait plus, et elle fondit en larmes.

XXI

C'était bien le salut, en effet, que Catherine avait rencontré. Le miracle rêvé s'accomplissait. Installée avec son enfant dans ce joli petit appartement qui fut bientôt prêt, son existence se régla presque facile.

Tout naturellement remplacée dans les deux pensionnats qui étaient sa seule ressource, et d'où elle avait si brusquement disparu sans laisser de ses nouvelles, on lui avait trouvé à Auteuil quelques leçons bien rétribuées, dans des familles où on l'accueillait avec une condescendance toute particulière, le nom de Jean Lorrain couvrant sa protégée.

C'était bien strictement le nécessaire, mais ce

n'était certes plus l'âpre gêne. Par surcroît, une aubaine inespérée lui survint.

Il se trouva que, un soir, comme il lisait une chronique scientifique anglaise, dont il faisait faire des extraits d'articles pour ses élèves, Jean Lorrain parla d'un traducteur qui lui faisait défaut tout à coup. Heureuse et fière de pouvoir être utile, Catherine, à tout hasard, s'offrit.

— Un traducteur?.. Mais je suis là, moi, dit-elle timidement. Je sais l'anglais, et, si vous vouliez bien me permettre d'essayer... Avec quelques conseils de vous, je pourrais peut-être vous tirer d'embarras.

— Ah! ce serait une trouvaille! s'écria-t-il. Il me serait bien plus commode de vous avoir sous la main... Sans compter que cela vous produirait une centaine de francs par mois que je payais pour ce travail.

— Ah! mon Dieu, mais je serais trop riche alors!

— Voyons tout de suite votre savoir, ajouta-t-il en lui tendant la brochure.

Catherine traduisant à livre ouvert, il fut aussitôt décidé qu'elle allait tenter l'épreuve.

Dès le lendemain, elle se mit à l'œuvre, avec

cette flamme, cette ardeur dévorante qu'elle
apportait à toute chose, et ce fut un nouvel
aliment d'enthousiasme et de résolutions hautes.

Levée dès l'aube, pendant que son fils dormait
encore, elle parcourait son gentil logis, se mirant
dans ses meubles, qu'elle trouvait rafraîchis, ra-
jeunis, tout coquets sous leur couverture neuve
de cretonne à ramages, cadeau de madame Lorrain.
Elle aidait la petite bonne à ranger sa chambre,
apprêtait sa table de travail, son papier et sa plume.
Puis elle s'asseyait devant la fenêtre ouverte.

De grands jardins s'étendaient sous ses yeux,
une mer de verdure et, par-dessus, les hauteurs
de Meudon.

Toute palpitante, à l'idée de ce qu'il en résul-
terait pour elle, si elle réussissait cette traduction,
elle écrivait, absorbée dans ce labeur qui la
prenait tout entière, s'appliquant, tandis que,
autour d'elle, son enfant jouait. En entendant
ce babil joyeux mêlé de jolis rires, elle se sentait
heureuse de vivre. Elle n'était plus seule, et elle
se demandait si jusqu'alors elle avait vraiment
aimé ce petit être, né de sa chair, qui la protégeait
déjà de sa présence, et lui faisait presque oublier
son abandon.

Après déjeuner, elle partait pour ses leçons, alerte, presque élégante dans sa robe en linon à pois, achetée vingt-neuf francs cinquante aux Magasins du Louvre. Sous son chapeau de paille entouré d'une simple gaze, son beau visage resplendissait. Elle arrivait chez ses élèves, un bon sourire aux lèvres, pleine de zèle, se sentant rachetée par ce travail qui, désormais, assurait son existence.

— Mon Dieu! comme les mauvais jours étaient loin !...

Chaque soir, elle allait chez les Lorrain. C'était là sa récréation. Considérée bientôt comme de la maison, complètement à l'aise, elle s'épanouissait dans cet intérieur joyeux, le cœur débordant de reconnaissance. Parfois quelques amies de madame Lorrain, en petit nombre, mais choisies, apportaient au cercle des savants un élément plus frivole, qui avivait encore la causerie et en élargissait le cadre. Catherine, presque déclassée depuis sa séparation, retrouvait là des sympathies d'honnêtes femmes, une estime qui la relevait à ses propres yeux.

Elle était enfin rattachée au monde. Une amitié solide s'était établie entre elle et Antoinette

10.

Lorrain, amitié ferme et tendre, où elle sentait l'appui d'une raison haute et de ce sens moral qui lui manquait.

Un certain dimanche, comme elle arrivait pour dîner avec son fils, Catherine avait l'air si radieux, que madame Lorrain en fit gaiement la remarque.

— Oui, voilà ce que j'apporte au maître, répliqua-t-elle en développant un rouleau de papiers.

— Eh quoi ! déjà ?.. s'écria Lorrain qui se mit à parcourir les feuilles.

— Oh ! c'est si bon de travailler ! reprit Catherine de son ton de ferveur. J'ai veillé ces derniers jours... c'est pourquoi je me retirais de bonne heure. Il reste à savoir si j'ai réussi.

— La sournoise ! dit Antoinette Lorrain, elle te ménageait sa surprise.

Catherine tremblait bien un peu. Il se trouva que, sauf quelques corrections techniques que le maître eut bientôt redressées, la traduction était excellente.

— Mais c'est parfait ! dit-il. Dès ce moment, vous pouvez vous considérer comme mon traducteur.

Ce fut pour Catherine une de ces journées de joie sans mélange, où l'on se sent fier de soi-même, confiant dans l'avenir, engagé dans une voie droite qui mène sûrement au but.

Cependant l'aventure de Catherine, à Auteuil, avait été pour Ida Bonnard un de ces événements qui déroutent toutes les prévisions humaines. Tout cela avait été si inattendu, et le tour qu'avait pris l'affaire Cambrelu avait si bien renversé toutes ses idées de femme sérieuse, qu'elle n'y comprenait plus rien !

La maladie de sa fille et l'accident survenu étant, à ses yeux, un simple coup de guignon qui apportait forcément un retard aux choses convenues, elle s'était tenue, et pour cause, à l'écart des Lorrain, craignant de leur donner l'éveil.

Le déménagement qui s'en était suivi lui avait même paru manœuvre habile, pour détourner tout soupçon, de ce côté du mari, dont elle croyait devoir redouter les rapports... Mais, Catherine rétablie, libérée enfin de la gêne résultant d'un séjour de deux semaines à la villa, pendant lesquelles il s'agissait d'être prudente, Ida ne la sut pas plus tôt installée qu'elle ac-

courut aux nouvelles, pour renouer le fil si
brusquement coupé de cette trame d'or restée
sur le métier.

Elle apportait une lettre de Cambrelu.

A descendre le cours de sa vie, Ida avait certes
rencontré des hasards bien surprenants, mais
aucun ne l'avait tant consternée que cette réponse posée qu'elle reçut !

— Cette lettre est inutile, maman, remporte-la !

— Comment, que je la remporte ?... s'écria
la mère atterrée.

Une explication nette détermina la situation
en deux mots, Catherine déclarant sa résolution
de ne jamais revoir le marchand de guano.

Il serait superflu de décrire la scène que
provoqua cet écroulement de toutes les espérances d'Ida Bonnard. Ce fut un torrent de
récriminations, de plaintes et d'injures mêlées
de larmes et d'accents de colère...

« Jamais plus malheureuse mère n'avait eu
ses chagrins... Et quel rôle encore lui faisait
jouer Catherine ?.. Non, ce n'était pas agir en
femme comme il faut !... Bien sûr, quant à
elle, elle n'oserait jamais se représenter devant
un honnête homme, pour lui apprendre qu'on

le plantait là... Qu'est-ce qu'il allait penser?...
Elle se voyait déshonorée... Alors on ne pouvait donc plus compter sur rien dans le
monde?...

» C'était bien la peine d'être la fille d'un
lord!... Et puis, qu'allait-elle devenir sans le
sou, avec son enfant à garder?... Car, c'était
bien décidé : M. Bonnard n'en voulait plus...
C'était le pauvre petit qui allait pâtir... »

— Non, maman! dit tranquillement Catherine, les deux. cents francs par mois de son
père suffiront toujours pour qu'il ne manque
de rien.

Sur ces simples mots, Ida demeura soudain
muette, et devint toute rouge, malgré son
aplomb.

— Quels deux cents francs?.. balbutia-
t-elle?

— Ceux que tu reçois de M. Lorrain, depuis
deux ans, et dont tu avais toujours oublié de
me parler.

XXII

Les jours s'écoulaient, uniformément paisibles,
remplis pour Catherine des mêmes travaux, des
mêmes distractions. Remise de toutes ses se-
cousses, ayant tout oublié, avec cette mobilité
de caractère qui la jetait toujours aux extrêmes,
elle s'enflamma pour les joies d'une existence
modeste. Les idées austères lui devinrent une
véritable passion. Elle se relevait la nuit pour
aller écouter dormir son enfant... Et, toute
orgueilleuse d'elle-même, elle s'arrêtait parfois
devant la glace, pour se voir en cet essor de
tendresses et s'admirer dans son joli rôle de
mère sérieuse.

Juste à point mélancolique de sa situation de
femme séparée, sa tenue, chez les Lorrain, avait

ce reflet digne d'une infortune noblement sup-
portée. Dédaigneuse de toute coquetterie, pour
un peu plus, elle eût mortifié sa beauté perni-
cieuse en la couvrant de bure... Le noir des
veuves, d'ailleurs, lui seyait à souhait.

Comme pour éprouver sa constance, et la faire
triompher dans ses superbes résolutions, un jour
une lettre lui arriva.

Ne reconnaissant point l'écriture, elle l'ouvrit
sans défiance, la croyant de quelqu'une de ses
élèves...

Elle tomba sur une épître de Cambrelu.

C'était un de ces morceaux de style que le cri
d'une passion sénile, avivée par la folie des
sens, peut seul produire.

Depuis cette scène qui l'avait laissé dans un
désarroi inouï, au beau milieu des plus terribles
flammes, l'imagination de plus en plus montée
par le souvenir, pendant le séjour de Catherine
chez Lorrain, Cambrelu n'avait plus vécu.

En apprenant d'Ida l'horrible nouvelle de la
destruction de ses espérances, et le changement
d'idées de Catherine, il s'était senti assommé
d'un tel coup, que, pour un moment, la fâcheuse
apoplexie avait semblé planer dans l'air.

Le saisissement passé, il en était venu à un de ces désespoirs d'amour qui troublent les digestions mêmes.

Une barre sur l'estomac, qui ne le quittait plus, endolorissait ses jours... Ses nuits étaient agitées de visions troublantes.

Il ne dormait plus.

En cet état désordonné, il écrivait à Catherine, la suppliant de consentir à le revoir, ne fût-ce que comme le dernier de ses amis, « pour le sauver du moins de tourments et de peines qu'il ne pouvait plus supporter ». La tête perdue, il lui offrait tout, sa fortune, l'hôtel déjà loué, les dix mille francs par mois, sans autre condition que de lui permettre de l'approcher, *de vivre dans l'air qu'elle respirait* ; ne lui demandant nul retour, *sinon le bonheur de la faire heureuse et d'embellir sa vie*. Il ne voulait être que son *esclave*, promettant de n'ambitionner d'autre récompense que la satisfaction de réaliser tous ses rêves, et de servir tous ses caprices... Que lui importait ?... Il était riche. Et quel plus bel emploi pouvait-il attendre de ses millions ?

Il pleurait à la pensée de la savoir dans les souffrances de la misère... Il la conjurait d'accepter ce qu'il mettait à ses pieds, comme un simple gage d'amitié... Elle n'engagerait rien, ni de sa volonté, ni de son indépendance absolue, qui resterait intacte envers lui... Il faisait serment d'obéir à ses ordres, et même de ne se présenter chez elle, *que lorsqu'elle le permettrait.*

Toute femme est toujours femme, et le délire de la passion, d'où qu'il vienne, est toujours un agréable encens. Cette divagation de huit pages fournit à Catherine une occasion superbe pour ajouter quelques marches au piédestal qu'elle se plaisait à s'édifier. Flattée d'un pareil ravage exercé par sa surprenante beauté, tout orgueilleuse de ce dernier fleuron de surcroît à la couronne de sa vertu sereine, elle relut dix fois le billet du tentateur, afin de s'admirer plus longuement dans le mérite glorieux d'un refus...

Pour le coup, elle passait héroïne !...

Elle attendit le soir, avec une impatience dévorante, et courut chez les Lorrain, empressée de leur communiquer un témoignage écrit tout à sa gloire, et qui lui donnait ce rôle triomphant de fouler aux pieds les richesses.

— Tout cela est d'une suprême insolence !

11

dit froidement Lorrain, lorsqu'il eut achevé la
lecture du document.

— Oh ! ajouta Antoinette, j'espère bien que
Catherine n'en ressentira aucunement l'injure.

Ces deux appréciations tombèrent si simplement, réglant du premier coup l'affaire sans le
moindre débat, et si bien comme s'il eût été
superflu d'émettre un avis, que Catherine demeura toute surprise.

Sans songer le moins du monde à l'admirer,
les Lorrain ne voyaient là qu'une offense, et
cette héroïque décision d'un refus que, dans son
absence de sens moral, elle avait estimée à
l'égal d'un haut fait, ne paraissait même pas, à
leurs yeux, devoir être énoncée.

Sa lettre rentrée dans sa poche, on n'en
souffla plus mot.

En plein dans ses grandes idées de conversion,
Catherine était trop intelligente pour ne point
savoir ce qui lui manquait. Heureuse de se
sentir dominée, soutenue, guidée par les Lorrain,
elle n'hésita point.

En dépit de son admirable résolution, elle
avait bien encore vaguement gardé tout le jour,
dans quelque coin d'elle-même, un fugitif espoir

que ses amis allaient peut-être forcer son désintéressement, ou lui conseiller quelque compromis.

Tout entière au ressentiment de ce qu'ils
avaient apprécié comme une injure, elle ne songea
plus qu'à l'atteinte portée à sa dignité de femme.
Il était aisé de prévoir d'ailleurs que, après cette
tentative, Cambrelu ne se tiendrait point facilement pour éconduit. Un silence formel, mal in-
terprété, ne pouvait qu'encourager des audaces, en faisant croire qu'on les redoutait...
Devait-elle lui laisser l'idée que, un jour peut-
être, elle en viendrait à fléchir, et qu'elle se
dérobait par la peur de quelque péril pour sa
haute vertu?...

Avec le marchand de guano du moins, elle
était trop assurée d'un éclatant triomphe, pour
négliger d'apparaître à ses yeux dans tout le
romanesque de sa nouvelle vocation d'héroïne...

Elle résolut donc de lui formuler le noble
rejet de sa fortune, dans un document digne
et fier...

Dès le lendemain, elle se mit à la rédaction
de cette glorieuse épître qu'elle avait méditée
une partie de la nuit. Le sujet était beau; mais,

malgré qu'elle en eût pourtant, une fois qu'elle y fut, décidée à faire éclater le ressentiment d'une offense, elle se trouva un peu embarrassée dans l'expression de son grief.

Le terrain avait été si singulièrement déplacé par la nouvelle attitude de Cambrelu, que, bien qu'elle essayât d'échauffer son courroux, elle se sentait, au fond d'elle-même, à court d'indignation devant ce cri de désespoir saisi tout à coup par le respect, qui n'implorait d'autre bonheur que celui de rester pour elle un ami, d'autre faveur que de consentir à le laisser changer son triste sort, en lui permettant de l'aider du superflu de sa richesse, sans autre espoir de retour que le seul octroi de son pardon.

Il y avait là, à coup sûr, un excès de zèle selon les convenances; mais n'était-ce point, après tout, la passion seule qu'il fallait accuser ?

Pourquoi d'ailleurs, en plein dans sa sagesse, se fût-elle montée jusqu'à la colère ! n'était-ce point un signe de faiblesse qui dénoncerait sa propre défiance d'elle-même ?...

Une fois solidement cantonnée dans son superbe orgueil, elle déchira une lettre de quatre pages mal venues, et, avec cette faculté d'oubli

qu'ont généralement les femmes pour leurs erreurs
troublantes, sans plus paraître se souvenir qu'il se
fût jamais rien passé entre eux, elle répondit
à M. Cambrelu, en dix lignes sérieuses et dignes
de femme du monde, déclinant avec élégance une
offre inopportune, comme s'il se fût agi d'un
malentendu sur leurs situations respectives. Avec
un tact parfait qui mêlait légèrement le froissement d'une belle âme à la gratitude un peu ironique qu'elle exprimait néanmoins dans son
refus, la leçon donnée enfin..., elle concluait
bravement « en l'assurant de ne garder de cet
incident que le souvenir d'une bonne intention
mal réfléchie, dont elle voulait bien ne pas lui
montrer sa rancune... »

Elle fut si ravie de cette exécution décisive,
et du tour délibéré qu'elle lui donnait, qu'elle
garda copie de sa lettre pour la mettre sous les
yeux de son parrain, en lui apprenant toute
l'affaire.

— Tiens, tiens ! dit le vicomte lorsqu'il eut
parcouru les pièces du procès, il est très malin,
ce vieux roué.

XXIII

L'explication relative à la pension de l'enfant ayant tout naturellement apporté quelque froid entre elle et sa mère, Catherine put jouir pleinement de ce relèvement inespéré. L'amitié des Lorrain n'était-elle pas déjà pour elle une réhabilitation suprême?...

Une ou deux fois même, on avait osé prononcer devant elle le nom de son mari... Et, avec son étrange inconscience, elle songeait, sans vouloir se l'avouer, à quelque nouveau miracle...

— Ah ! s'il savait !... se disait-elle en regardant son enfant.

Cependant, Ida, tout d'abord réservée dans ses visites à Auteuil, sembla bientôt avoir pris son

parti du triste dénouement de ses espérances, et
les rapports se rétablirent peu à peu, quoique
toujours assez contraints; Catherine alléguant ses
occupations nombreuses pour éviter de reparaître
rue de Lancry.

Décidément intimidée par la tenue fière et résolue de sa fille, madame Bonnard mesurait son
langage, et n'osait plus guère aborder les
fameuses questions d'avenir perdu, « par un
dernier acte de déraison plus fort que tout le
reste ». Parfois, d'un ton triste, elle risquait presque furtivement le nom de Cambrelu... Elle
l'avait rencontré par hasard, et il l'avait arrêtée
pour lui demander des nouvelles, ou bien il
avait écrit pour affaires à Bonnard, et il se
rappelait au souvenir de madame Surville.

Mais Catherine coupait net à ces confidences,
et Ida se taisait, parlant d'autre chose, comprenant, hélas ! que toute insistance était inutile...
« Au moins pour le quart d'heure », ajoutait-elle
naïvement.

Pourtant, malgré la réponse si fière qu'il
avait essuyée, Cambrelu ne se tenait pas pour
battu... Avec persistance, la tête perdue, il lui
écrivit trois ou quatre nouvelles lettres désespé-

rées... En arrivant à la supplier d'accepter
son concours désintéressé, comme d'un pa-
rent d'adoption, comme *d'un tuteur* l'aidant
à vivre... Jurant de son respect, il allait jusqu'à
lui offrir d'être son héritière, *sans aucune condition...*

Catherine déc: rait noblement ces étonnantes,
missives, et, de la meilleure foi du monde, s'admirait de n'y point répondre.

Sur ces entrefaites, un incident fortuit confirma
encore plus solidement Catherine dans son
essor de régénération.

Une après-midi, elle revenait de donner ses leçons, quand, arrivée presque devant sa porte,
elle se croisa avec un jeune homme, lequel
poussa un cri de surprise joyeuse en la voyant.

— Ah! madame Surville... Comment !...
Vous!...

C'était un garçon, lequel, connaissant son
mari, s'était faufilé dans le petit cénacle d'autrefois.

Sans rien d'un artiste, et soi-disant peintre et
sculpteur, il dessinait des gravures de modes,
pour un journal de couturière en renom. Une
jolie figure, des façons du plus pur *gandinisme.*

Avec une blague d'atelier visant au grand chic, il lui avait fait la cour, et l'avait même compromise assez gravement pour que, dans son existence sérieuse et convertie, ce souvenir lui causât une impression déplaisante.

Un instant, elle songea à esquiver tout colloque ; mais l'artiste, arrêté devant elle, lui coupait la retraite.

Avant qu'elle prévit le mouvement, il saisit une de ses mains pour la retenir, s'armant de la familiarité d'un autre temps.

— Voilà une fière chance ! reprit-il. Qu'est-ce que vous faites donc par ici ?

— Je rentre chez moi.

— Chez vous, à Auteuil ?

— Oui.

— Tiens ! on m'avait dit que vous aviez été vous loger rue Laborde, après votre séparation d'avec Surville.

A cette inconvenance, prononcé d'un ton si dégagé, Catherine se figea dans une attitude de glace.

— En effet, murmura-t-elle, mais j'ai changé.

— En villégiature, alors ?

— Oui.

— Comme ça se trouve! Et moi qui demeure aussi tout près... Vous rappelez-vous nos jolis chahuts?

Une sourde irritation gagnait Catherine. Elle regardait ce garçon si nul, qui la toisait avec une sorte d'effronterie insolente, les yeux sur les siens, un sourire presque conquérant aux lèvres. Il semblait évoquer certaines privautés du passé, qui lui constituaient presque un droit.

— A propos, poursuivit-il, en voilà un succès, votre portrait en *Buveuse de perles!*

Elle ne put se défendre de rougir.

— Sapristi ! continua-t-il, c'est un beau morceau, ça, il n'y a pas à dire!.. Mais la meilleure part vous en revient. Ce coquin de X... avait là un rude modèle...

Catherine coupa court à l'entretien.

— Allons, monsieur, adieu, dit-elle.

— Comment! comment! vous ne me dites même pas où vous logez?

— Pour quoi faire ?

— Parbleu ! pour aller vous voir.

— Je ne veux pas vous recevoir, répliqua-t-elle sèchement.

Il eut un sourire à la fois d'étonnement et de malice.

— Bah ! en artiste ! Je veux faire votre buste.

— Et moi, répliqua-t-elle, la voix tremblante de colère et de dépit, je vous répète que je ne reçois personne !

— Tiens, tiens, tiens! dit-il en mettant une intention dans cette exclamation, si c'est ainsi, je me rends !...

A cette dernière parole, Catherine sentit le rouge lui monter au visage. Il ne la croyait pas seule chez elle, il la soupçonnait d'être avec un amant.

Sans répliquer cette fois, elle lui jeta un regard de dédain et s'éloigna d'un pas rapide.

Dans son état d'esprit, le rappel du passé, que lui infligeait cette rencontre, l'avait presque atterrée.

Eh quoi ! auprès de son mari, dans l'atmosphère d'amour et d'estime où elle vivait avec cet esprit si haut, ce cœur si plein d'elle, si entièrement dévoué à son bonheur, elle avait pu se prendre à toutes ces niaiseries d'une galanterie bête et froissante, avec cet être insignifiant qui n'avait rien dans le cerveau que la complaisante fatuité de son joli visage ?...

A cette heure, elle se faisait pitié de tant de

futilité sotte, de tant d'aveuglement fou et coupable.

Consciente de sa sagesse désormais fortifiée, le soir, chez les Lorrain, elle goûta plus profondément le bonheur de se sentir rehaussée, réhabilitée par ce milieu si supérieur, où toutes ses pensées étaient bonnes, réconfortantes et vraies.

XXIV

En dépit des résolutions fermes et du train d'existence où elle voyait sa fille définitivement engagée, madame Bonnard, pourtant, gémissait d'un reste de dissentiment cruel.

A quelque temps de là, dans une de ses visites à Auteuil, elle se plaignit à Catherine de ne plus la voir rue de Lancry. A l'entendre, M. Bonnard était désolé, et se lamentait de cet éloignement que rien ne motivait.

N'avait-il pas toujours été convenable avec sa belle-fille, et méritait-il tant d'ingratitude ?...

Cédant aux reproches maternels, Catherine accepta d'aller dîner en famille le dimanche suivant.

Le jour venu, elle partit avec son fils, qu'elle

s'était plu à pomponner pour la circonstance.
L'enfant, joyeux, se promettait grande fête. Ils
firent la course en voiture découverte. Le temps
était superbe, la foule envahissait les quais, la
place de la Concorde, affluant des boulevards,
descendant des faubourgs. La mère et le fils
jasaient gaiement.

Ils arrivèrent.

Pour un peu, les Bonnard eussent tué le veau
gras. Le beau-père accueillit sa belle-fille avec
une dignité aimable, et câlina le bambin ; Ida,
triomphante, marqua un bonheur ému ; Aglaé
sauta au cou de Catherine.

— Enfin, te voilà !... Tiens !... j'ai acheté un
bouquet pour mettre sur la table, devant ton
assiette, et papa a commandé une crème à la
fraise... Est-ce gentil, hein ?...

On aida Catherine à se défaire, avec un empressement, des petits soins qui semblaient autant de caresses, et comme un remerciement du
plaisir qu'elle apportait par sa présence.

Le repas, préparé par madame Bonnard, était
excellent ; ces mets choisis pour l'enfant prodigue, toutes ces attentions, les gâteries surtout
prodiguées à son fils, reconquéraient Catherine

peu à peu. Elle oubliait les heures pénibles, les mauvais souvenirs, les tentatives odieuses, l'exploitation qu'ils avaient exercée sur elle.

Après tout, étaient-ils coupables dans leur inconscience ?

Elle en arrivait presque à leur pardonner, les plaignant au fond de cette éducation qui leur avait manqué.

Par instant, Ida lui adressait quelques paroles de tendresse ; Aglaé l'embrassait. Elle se laissait faire, adoucie, ne résistant plus.

— Tu reviendras comme ça, ici, chaque dimanche, n'est-ce pas ? lui demanda Aglaé.

— Oui, oui..., s'écria l'enfant, qui répondit pour sa mère.

On achevait le dessert, Ida servait le café, quand un coup de sonnette retentit à la porte de l'appartement. Aglaé alla ouvrir.

Une minute après, elle reparut.

M. Cambrelu la suivait.

A cette vue, Catherine eut le vague pressentiment que c'était là une entrevue ménagée.

Il y eut tout d'abord un très grand moment de froid.

Avec une surprise trop bruyante pour n'être

point feinte, Ida s'élança au-devant du vi-
siteur.

— Ah! mon Dieu, comment c'est vous, monsieur Cambrelu?... Par quel hasard?...

— Un hasard, en effet, madame, répondit-il
presque balbutiant; j'ai besoin de votre mari
demain matin... L'affaire est assez pressante pour
que je vienne un dimanche... comme vous le
voyez.

La mine grave, un peu mélancolique, comme
il convenait à un amoureux résigné, et qui
souffrait encore de sa blessure, après un salut à
chacun, et, sans même oser tendre la main à
Catherine, Cambrelu accepta la siège que Bonnard
lui offrit à ses côtés.

— Je vous en prie, continuez votre dîner,
dit-il, je ne veux pas vous déranger, j'ai tout
le temps d'attendre que vous ayez achevé...

— Nous finissions justement!... répliqua Ida.

Aglaé servit le café. Cambrelu offrit un cigare
à Bonnard.

Il parut à Catherine, malgré elle très décontenancée, que le marchand de guano avait de tout
autres allures, et elle fut très surprise de le
trouver réellement très changé, comme au sortir

d'une maladie. Ses grosses joues devenues flasques avaient pris des teintes d'hépatite. Quelques semaines l'avaient subitement vieilli.

Ces preuves d'un ravage dont elle se savait la cause apaisèrent bientôt son humeur de cette rencontre. Elle se sentait décidément trop supérieure, pour ne point se croire tenue à quelque pitié.

Les deux hommes fumaient, causant de choses et d'autres. On eût dit, en effet, qu'il s'agissait vraiment d'une affaire à traiter. A un moment même, Ida proposa discrètement de se retirer dans sa chambre avec ses filles.

— Non, non, je ne le souffrirai jamais ! s'écria Cambrelu ; Bonnard viendra me voir demain matin, cela suffit.

Insensiblement, la conversation se généralisait. Bien que gardant une réserve extrême, Catherine était bien forcée de dire son mot. Plusieurs fois elle se trouva répondre à Cambrelu ; de son côté, il lui parla d'Auteuil, des agréments de la campagne en été, du charme de la verdure, de l'utilité du bon air pour son fils.

— Aussi est-il frais et rose, ajouta-t-il avec une caresse à l'enfant.

Neuf heures avaient sonné, le jour baissait, Cambrelu ne se disposait pas à partir.

Catherine alla mettre son chapeau.

— Déjà ! dit Bonnard.

— Le petit est fatigué, répliqua-t-elle, et nous avons du chemin, avant d'être chez nous.

— C'est vrai, reprit le beau-père, et puis c'est dimanche... Les omnibus et les voitures sont rares.

— Introuvables !... s'écria Ida. Ma pauvre fille ! te voilà menacée de faire la route à pied...

— Oh ! cela ne fait rien ! répondit-elle.

Pour comble d'embarras, le temps, qui s'était couvert dans la soirée, se gâta tout à coup, et la pluie se mit à tomber.

Ce dernier contretemps achevait la difficulté du retour.

— Mon Dieu ! dit doucement Cambrelu, ma voiture est à la porte... Si j'osais l'offrir à madame... Moi, j'en prendrai une autre...

— Oh ! malade comme vous êtes, reprit Ida.

— Qu'importe !... Je serais très heureux de tirer madame Surville d'embarras.

Catherine eut un geste de refus.

— M. Cambrelu demeure justement sur ton

chemin, ajouta Ida; sans se déranger, il pourrait te mettre déjà à moitié route...

L'enfant était las, il commençait à sommeiller sur sa chaise. Il devenait, en outre, matériellement impossible de l'emmener par cette pluie. Dans la conjoncture, la persistance d'un refus, peut-être plus encore que les insistances maladroites d'Ida, ne faisait que marquer davantage cette situation trouble que Catherine voulait éviter.

En cet ennui, n'était-ce point accuser des craintes et laisser croire à Cambrelu qu'il pouvait être un danger ?...

Elle songea, sur l'instant, que, dès cette première rencontre, à coup sûr préméditée, et dont, grâce aux connivences de sa mère, elle ne pourrait peut-être prévenir le retour, il lui importait de définir nettement l'attitude fière et décidée qu'elle entendait tenir désormais, de façon à décourager tout espoir. Avec son enfant auprès d'elle, d'ailleurs, n'était-elle pas hautement protégée ?...

A la fin, elle céda, résolue à rompre court, en une fois, à toute tentative nouvelle.

Le coupé attendait à la porte. Catherine y

monta et prit place, son fils couché sur ses genoux.

Cambrelu se mit auprès d'elle, on partit.

Tout d'abord, ils restèrent silencieux, un certain embarras pesait encore sur eux. On eût dit que tous les deux redoutaient également de prononcer la première parole. Arrivés sur le boulevard, ils furent arrêtés par un encombrement de voitures.

La pluie tombait à torrent.

— Ah ! regardez comme tout le monde barbote, dit Cambrelu. Jamais vous n'auriez pu retrouver le moyen de retourner à Auteuil.

— C'est vrai ! murmura-t-elle, pour répondre quelque chose. Il est presque impossible, le dimanche, de circuler dans Paris.

La glace était rompue. L'entretien se continua, des plus insignifiants. L'enfant s'était endormi. La mère le cacha à demi sous son manteau.

Ils atteignirent le Cours-la-Reine.

— Ah ! au moins, ici, on respire !... dit Cambrelu.

La causerie se poursuivait, indifférente, tandis que la voiture les emportait au grand trot des deux pur sang.

La route s'allongeait, toute grise sous le ciel bas, et des flaques d'eau s'étendaient par place.

Cambrelu parut s'encourager.

— Au moins, dans votre existence nouvelle, lui demanda-t-il tout à coup, êtes-vous heureuse?

— Oh! oui, bien heureuse, répondit-elle.

— Tant mieux! reprit-il.

Puis, après un court silence :

— Au fond, vous savez, je n'en crois rien.

— Comment! vous n'en croyez rien ?

— Mais non !... On n'est pas heureuse quand on travaille pour vivre, quand on donne des leçons de piano, quand il faut compter les sous... Vous n'êtes pas faite pour cela.

— Je suis faite pour être une honnête femme, répliqua-t-elle nettement.

— Mais cela ne vous oblige pas à vivre de misère !... Voyons, ajouta-t-il, pourquoi ne voulez-vous pas que je sois votre ami ?...

— Mais rien n'empêche que vous ne le soyez comme vous l'êtes aujourd'hui... reprit-elle un peu désarmée par son air de tristesse soumise.

— En ce cas, pourquoi ne voulez-vous pas que je vous aide ?

— Oh ! cela c'est différent !

— C'est différent... en quoi ?... Ça ne veut
rien dire ! reprit-il d'un ton bonhomme. Du
moment que je suis votre ami : moi, j'ai de
l'argent, je suis riche, laissez-moi faire votre
bonheur. Ainsi, l'hôtel que j'ai loué pour vous,
je l'ai sur les bras, pour trois années... Pourquoi ne l'habiteriez-vous pas, puisqu'il ne sert
à personne, et que la dépense en est faite ?

— Vous savez bien que c'est impossible ! répliqua-t-elle, sans pouvoir se défendre de rire, à
cette déduction que Cambrelu semblait trouver
victorieuse. Vous n'avez aucune raison pour me
faire de pareilles générosités.

— Je n'ai aucune raison... c'est encore bientôt
dit !... ajouta-t-il d'un air découragé. Et, si
je vous faisais mon héritière, vous refuseriez
donc ?... Vous voyez bien que ça n'a pas le sens
commun ; car autant dire : « Dépêchez-vous de
mourir, parce que, tant que vous serez là, je ne
veux rien de vous !... » Si c'est mon plaisir, à
moi, de vous faire heureuse pendant que j'y suis!
Est-ce qu'on n'est plus libre, à présent, de s'entendre entre honnêtes gens pour s'aider ? Je
vous ai vue toute petite ; est-ce que ça n'arrive

pas tous les jours que l'on fait du bien à ceux qui vous intéressent, et même à n'importe qui?... Tenez, voilà des gens qui passent... Si je faisais arrêter, pour dire à la jeune femme qui pousse la petite voiture de son enfant avec son mari, que je veux leur faire trois mille livres de rente... est-ce que vous croyez qu'ils me refuseraient? Ils m'appelleraient leur bienfaiteur, et puis voilà tout!

— Oui, mais il y a là un mari, qui y serait de moitié, répliqua-t-elle en riant; ce qui, pour le monde, changerait déjà bien les choses!

— Ah! voilà le grand mot: le monde! s'écria Cambrelu. Avec ça qu'il est propre, le monde, pour que vous lui fassiez le sacrifice de vivre pour lui en pauvresse! D'abord, est-ce que vous avez des comptes à lui rendre, à votre monde?... Si demain la famille de votre père vous envoyait une pension, vous diriez donc que vous n'en voulez pas?...

— Au contraire, car je pourrais hautement l'avouer à mes amis.

— Eh bien, qu'est-ce qui vous empêcherait de dire que vous venez de faire un héritage? Vos amis n'iraient pas en Angleterre pour en chercher la preuve, et ça arrangerait tout!

— Non, pas pour ma conscience ! répondit
Catherine.

— Votre conscience ! reprit humblement Cambrelu; mais puisque je ne vous demande rien,
que de vous voir comme un ami... Si vous me
refusez cela, alors autant dire que vous me mé-
prisez, ajouta-t-il avec un geste désolé. Et, en
ce cas, qu'est-ce que vous voulez que je devienne
à présent ?

Catherine s'était armée pour quelque scène
qu'elle prévoyait comme conséquence de cette
rencontre, à coup sûr complotée avec sa mère...
Le tour inattendu d'un aussi étrange débat,
l'humilité de Cambrelu, accablé, vaincu, subju-
gué par un ascendant de vertu qui le réduisait
à la plainte; tout cela fut pour elle un si grand
soulagement, en même temps qu'une si haute
satisfaction d'orgueil, elle le tenait si bien sous
ses pieds, qu'il lui vint à la pensée qu'une
pitié généreuse allait encore la grandir à ses
yeux.

— En refusant ce qu'il m'est impossible d'accepter de vous, reprit-elle avec son joli air de
princesse, je n'ai point dit que je ne vous per-
mettrais pas de me revoir quelquefois...

— Vrai !... s'écria-t-il, transporté, vous vou-lez bien que je vienne chez vous?

— Oh ! cela, non, répondit-elle vivement, je ne reçois personne !... Mais je veux dire que, de temps en temps, je pourrai vous rencontrer à quelque dimanche, comme aujourd'hui, chez ma mère... seulement; ce ne peut être qu'à cette condition que vous ne reparlerez plus de toutes ces folies !...

Cambrelu s'abîma devant sa volonté, et pro-testa de tout ce qu'elle voulut.

Comme ils touchaient les premières maisons d'Auteuil.

—Faites-moi arrêter ici, dit-elle, car je ne veux pas arriver chez moi avec vous.

Il obéit.

XXV

Certes, si Catherine n'eût point eu conscience de la transformation de sa vie, cette rencontre eût suffi à lui donner d'elle-même une opinion trop flatteuse, pour ne point la confirmer dans l'heureuse voie du travail et de l'honnêteté, qui la passionnait de plus en plus. Jusqu'alors, le souvenir cuisant d'une épouvantable chute, si désastreuse pour son renom, était encore si récent, qu'elle avait peine à n'en point garder le trouble.

La seule pensée que, un jour, elle pouvait se trouver face à face avec Cambrelu la jetait dans une appréhension dont elle ne savait se défendre. Ce mauvais rêve la poursuivait, reliant le passé au présent, comme si une invisible chaîne l'eût rattachée à ce complice d'une action dégradante...

Il se trouva qu'au lendemain du dîner rue de Lancry, Catherine, tout à coup délivrée de son obsession cruelle, ne put se défendre de savoir gré à sa mère de lui avoir ménagé une explication trop anxieusement redoutée.

L'attitude de Cambrelu, sa timidité presque tremblante, et surtout l'altération de ses traits, révélant la douleur d'un chagrin sans espoir, témoignaient si clairement que sa simple présence l'avait plongé dans la prostration, qu'elle ne put s'empêcher de ressentir un légitime orgueil de l'impression qu'elle lui avait imposée.

Comme elle voyait son parrain presque chaque jour, il va sans dire que, toute fière, elle lui raconta l'aventure dans tous ses détails; riant, en femme de vertu solide, de la défaite de ce viveur dompté, aux prises avec les tortures sentimentales d'une passion tardive qui, le minant déjà dans son embonpoint, allait jusqu'à l'égarer dans l'offre gratuite des clefs de sa caisse.

Elle mima plaisamment la scène de la voiture, et l'air déconfit du pauvre marchand de guano.

Le vicomte écouta avec ce sang-froid ironique dont il ne se départait guère.

Lorsqu'elle eut achevé :

— C'est décidément très malin tout cela !...
dit-il pour conclusion. Le vieux roué court après
son argent.

« Passato il periglio, gabbato l' santo ! » dit
un proverbe bien italien.

Resté comme un épouvantail sur sa vie, le
souvenir de Cambrelu, qu'accompagnaient mille
terreurs de persécutions audacieuses dont elle
redoutait le scandale, ne troublait plus Catherine
en dépit d'elle-même. Aussi surprise que flattée
de ce désarmement complet qui devenait un
hommage à sa vertu, et plus que rassurée désormais, elle se reprit de plus belle à ses grandes
résolutions ; fière d'une situation honnête et modeste, qu'elle estimait d'autant plus admirable,
qu'il s'y mêlait le mépris des richesses à portée
de sa main.

Ida, de son côté, semblait avoir pris son parti,
devant la bravoure de sa fille. Elle lui racontait
les peines de Cambrelu, « Cambrelu dépérissait
à vue d'œil... » On pouvait dire que cet homme-
là était un vrai martyr de son cœur. Il la faisait
pleurer chaque fois qu'il venait chez M. Bonnard,
qu'il chargeait maintenant de toutes ses affaires,
rien que pour avoir l'occasion de parler de Ca-

therine... Et tout cela si respectueusement, que
l'on voyait bien que la tête n'y était plus...

« Il n'en avait plus pour longtemps, bien sûr,
avec un si grand chagrin de ce qu'elle ne voulait
même pas accepter d'être aidée, *pour rien*, par
lui !... C'était donc qu'elle le méprisait !... Et, se
faire à cette idée-là, il ne le pouvait décidément
pas, c'était plus fort que lui... alors qu'est-ce
qu'il lui restait à faire de tout son argent ?...
M. Bonnard l'avait trouvé chez lui, assis dans un
fauteuil, devant son portrait en Buveuse de perles... Il s'enfermait comme ça pendant des heures,
à se brûler le sang du chagrin de ne pas la
voir. »

Il n'est pas de femme que les souffrances d'une
grande passion qu'elle inspire ne ravisse, cette
passion vînt-elle d'un simple goujat. Catherine écoutait les nouvelles de ce naufrage de
Cambrelu, finalement trop à sa gloire pour ne
point chatouiller son orgueil. Il y avait là surtout, pour elle, le relèvement d'une heure de
chute, dont le souvenir s'effaçait devant la pi-
teuse attitude du malheureux patito. Guérie de
la peur qu'elle avait d'abord gardée des suites de
sa déplorable aventure, et, tout au contraire,

assurée d'un empire où la situation prenait un tour des plus romanesques, elle oublia l'ancienne chute, pour ne plus voir que son récent triomphe.

Pourtant, bien que disposée charitablement à la compassion d'une belle âme, elle refusa à sa mère d'aller dîner chez elle le dimanche suivant, le soin de sa dignité s'opposant à une trop prompte condescendance, qui semblerait être la préméditation d'une nouvelle entrevue.

Si Catherine eût pu conserver quelque crainte dans l'acte de pitié qu'elle avait si généreusement concédé au désespoir du malheureux Cambrelu, elle eût été certes complètement rassurée lorsque, quinze jours plus tard, elle le retrouva rue de Lancry.

Par une sorte d'accord tacite, et sans qu'il eût été question de lui, il arriva à la fin du dîner, cette fois comme un invité attendu des Bonnard. Avec une réserve, qui ne manquait pas de bon goût, il avait acheté trois simples petits bouquets de violettes de quatre sous pour *ces dames*, de façon à ne point paraître faire de distinction pour Catherine.

La soirée s'écoula dans une causerie amicale;

et, sauf que, vers neuf heures, survint un gla-
cier apportant un grand plateau chargé de
gâteaux et de sorbets, qui trahissaient la muni-
ficente galanterie du richard, malgré les élans
de bonheur cachés de l'infortuné Céladon, qui
pâlissait ou rougissait tour à tour au moindre
mot de Catherine, tout se passa dans des formes
si discrètes, qu'elle ne put se défendre d'un
mouvement généreux à le voir si résigné et si
décontenancé devant son regard.

Aussi, lorsque, à dix heures, il s'agit de partir, accepta-t-elle ce jour-là, sans le moindre
débat, qu'il la reconduisît.

XXVI

Si fière pourtant que fût Catherine de la nouveauté de sa situation, le courant de sa vie, une fois réglé par l'habitude, laissa bientôt son imagination libre de cet excitant un peu fiévreux qui, si volontiers en tout, l'emportait généralement par fougues. L'amitié des Lorrain, son travail, ses devoirs de mère, tout cela, devenu le train de chaque jour, lui parut si bien assuré, qu'on l'eût presque étonnée aux rappels d'un autre temps.

Contraint, par ordonnance, à une promenade hygiénique, chaque matin, son parrain arrivait lui apportant son originale gaieté. Il déjeunait souvent avec elle, rompant ainsi cette impression de solitude de la femme séparée. Le vicomte jouait avec l'enfant et la maison s'emplissait de cris de joie et de rires.

Pour Catherine, qui, depuis si longtemps, quittait le matin son logis vide, le retrouvant vide le soir, il y avait là un rattachement au bonheur familial, si restreint qu'il fût. Elle se sentait un *home*, un foyer qui vivait, lui donnant ce souci charmant de pourvoir au confort de *son ménage*.

Du côté de sa mère, bien que les gracieusetés toutes nouvelles de M. Bonnard lui parussent surtout motivées par le surcroît d'affaires qu'il lui devait, Catherine était trop en plein dans sa triomphante opinion d'elle-même, pour ne point oublier les brouilles du passé.

Les dîners du dimanche à la rue de Lancry devinrent donc de fondation, et deux mois ne s'étaient point écoulés que, toute défiance disparue; l'attitude effondrée de Cambrelu semblait faire partie de la maison.

Il en arriva que, un jour, comme Aglaé parlait d'une féerie en vogue, le millionnaire offrit une loge qui fut acceptée. Catherine, en soupirant, songea bien d'abord à rester à l'écart; mais l'enfant, qui était ainsi privé de la partie, s'étant pris à pleurer, elle n'osa point résister devant un si réel chagrin.

Il eût été, d'ailleurs, ridicule de se guinder dans le refus de cette fête de famille.

Un dîner au restaurant fut convenu. Après le théâtre, le grand landau ramena tout le monde...

Une fois le premier pas franchi, les occasions de plaisir se succédèrent. Ida ne se faisait pas faute de les faire naître, et d'exploiter sans façon les largesses toujours ouvertes du vieux patito... Cambrelu n'arrivait plus jamais que les poches bourrées de cadeaux, en *triple*, pour ôter à Catherine tout prétexte de n'en point accepter sa part.

Un dimanche, ce fut une excursion à la Tremblaie, le château du millionnaire dans les bois de Verrières.

Avec son esprit de linotte, toujours si prompt aux imprudences, sur cette pente facile de rencontres, désormais sans l'ombre d'un danger pour elle, et dans lesquelles elle jouait à ravir son agréable rôle d'inhumaine, il était trop naturel que Catherine se laissât aller à de légères concessions. Ces parties, qu'organisaient volontiers les Bonnard, les soirées de théâtre, à l'aise dans de bonnes loges, rompaient le train évidemment

très heureux, mais pourtant un peu monotone
de sa vie de travail. Les circonstances et ses idées
sérieuses ayant amené un changement, tout à sa
louange, dans ses rapports avec Cambrelu, décidément courbé sous un respect tremblant, sans
que jamais un mot troublât sa sérénité hautaine,
elle se relâcha de ses rigueurs.

N'était-ce point d'ailleurs exagérer la réserve
d'une façon absurde, que de paraître redouter le
péril imaginaire que pouvait courir sa vertu,
dans des relations de convenances avec un ami de
sa famille ?...

Il en arriva que, un dimanche soir, comme il
la reconduisait à Auteuil, en traversant le bois,
par une charmante soirée d'automne, sur le regret qu'elle exprimait de ne pouvoir prolonger
la promenade, à cause de l'enfant qui dormait :

— Voulez-vous que je vienne vous prendre demain ?... dit-il timidement. Je vous attendrai à
l'endroit que vous me direz, et je vous mènerai
jusqu'à Ville-d'Avray.

Elle se fit longtemps prier... A la fin, elle accepta, et ils convinrent d'un rendez-vous.

A partir de ce jour, bien qu'elle ne consentît
point à recevoir Cambrelu chez elle, Catherine

n'eut plus de raison pour refuser seule quelques rares escapades d'amis, qui au fond la distrayaient.

Toute femme aime à jouer avec la passion qu'elle inspire ; dût-elle la laisser honnie et raillée, elle en est toujours flattée. La détresse de la victime était là si évidente, et, dans ces parties fines en cachette, elle sentait si bien son empire sur ce malheureux, qu'elle enivrait d'un sourire, qu'elle écrasait d'un égard !...

Comment ne point s'amuser de ce tourment ?...

Un jour que, devant aller en loge grillée au théâtre des Bouffes, elle avait consenti à un dîner au café *Anglais*, il revint à son idée surprenante de lui faire quitter son logis d'Auteuil pour l'hôtel, qui, comme il le répétait avec mélancolie, lui restait toujours sur les bras.

— Mais c'est fou ! dit-elle. Me voyez-vous partir, le matin, donner mes leçons de piano en sortant de mon hôtel ?

— Pourquoi n'iriez-vous pas le voir ? reprit-il, vous sauriez au moins ce que vous refusez... car il n'y a pas à dire, c'est un vrai paradis !

Il n'y avait aucune raison de plus particulièrement redouter pareille visite, que toute autre de ces rencontres qu'elle concédait du haut de sa

compassion... N'était-ce point d'ailleurs marquer
d'une façon plus souveraine sa sécurité d'elle-
même et son dégagement des richesses ?... Paraître craindre la tentation, c'était s'amoindrir,
ou dénoncer une faiblesse.

La curiosité aidant, mais ne voulant point
pourtant montrer trop de hâte, elle laissa tomber
vaguement la promesse d'aller un jour voir le fameux logis.

Elle n'en parla plus cependant, et il fallut, la
semaine suivante, que Cambrelu insistât pour
réclamer cette faveur accordée.

Il fut convenu que, le lendemain, vers cinq
heures, après ses leçons, il l'attendrait rue Jean-
Goujon.

A l'heure dite, et ne pouvant se défendre de
rire de cette originale aventure de visiter *sa maison*, Catherine sonnait à la porte d'un fort bel
hôtel, abandonné par une princesse russe qui,
n'habitant plus Paris, le laissait en location.

En retraite sur une cour, la demeure avait l'apparence d'une villa italienne avec sa terrasse. Un
rez-de-chaussée élevé de six marches, un premier étage et rien de plus ; mais l'apparence, du
reste, d'assez grand air.

Au coup de timbre, Cambrelu était accouru
pour la recevoir sur le perron, sa grosse face illu-
minée de joie.

— Enfin, vous voilà ! dit-il lorsqu'ils eurent
traversé l'antichambre, j'avais déjà peur que vous
n'eussiez changé d'avis !

— Est-ce que je suis en retard ?.. demanda-
t-elle en lui donnant une poignée de main d'ami.

— Non ! non ! répliqua-t-il vivement. Et puis
qu'est-ce que ça ferait avec moi ?...

Ils entrèrent.

— Eh bien, qu'est-ce que vous dites de ça ?
ajouta-t-il en lui montrant, d'un geste, une enfi-
lade de trois ou quatre salons.

— C'est très charmant, répondit-elle d'un ton
de complaisance, et avec ce grand air de fille d'un
lord qu'elle gardait avec lui.

Cambrelu était dans le ravissement.

— Enfin, cette fois, vous voilà chez vous,
exclama-t-il.

— Oh ! si j'étais chez moi, ce serait bien en
passant ! reprit-elle en riant. Avouez-le !

— C'est bon, c'est bon ! j'espère bien que vous
y viendrez, quand vous comprendrez que tout cela
est décidément à vous.

— Mais il faut que vous visitiez tout, ajouta-t-il, comme elle restait debout.

Elle se laissa conduire à un boudoir qu'elle parcourut du regard en soulevant la portière. Tout cela était frais, coquet, pimpant, avec cette véritable élégance mêlée de richesse sans apprêt, qui est le cachet du vrai goût.

Dans la salle à manger, une large baie vitrée sur la cour formait une volière où s'ébattaient des oiseaux, dont le ramage les accueillit.

— Ils vous disent bonjour, reprit Cambrelu ravi.

Catherine, les mains dans les poches de son petit paletot de demi-saison, passait, calme et souriante, comme une belle indifférente, en véritable visiteuse d'appartements, entrée là par hasard.

De retour au salon :

— Le reste est au premier, dit Cambrelu.

— Oh! je m'imagine ce que cela peut être, répondit-elle négligemment, lui sachant gré, comme d'une preuve de tact, de ne point lui proposer d'y monter.

— Et *votre* piano... Essayez donc, vous allez voir. Il est tout frais accordé, ajouta-t-il en ouvrant un Érard superbe.

Toujours debout, elle s'approcha, et parcourut les touches de ses doigts gantés.

Après quoi, comme il la regardait ébahi dans sa pose résignée, elle referma l'instrument qui claqua d'un petit coup sec.

— Eh bien, maintenant que je vous ai fait ma visite, dit-elle en riant, je m'en retourne.

— Comment ! vous ne restez pas un peu ? s'écria-t-il penaud... Vous ne vous asseyez même pas un instant ?

— Puisque j'ai vu, reprit-elle, il n'y a pas de raison pour que je reste plus longtemps là à causer. D'ailleurs, à cinq heures, j'ai une leçon.

— Ah ! que c'est dommage ! Moi qui m'étais fait une fête de vous garder une heure au moins.

— Eh bien, et mon travail donc ?... ajouta-t-elle de son joli air de femme sérieuse.

Il n'osa insister.

XXVII

Si jamais Catherine se sentit fière de sa vail-
lance, et se rendit bien compte de son mérite,
ce fut certes après la visite de cet hôtel de la rue
Jean Goujon, qui, décidément, lui appartenait.
Quoi qu'elle fit pour se défendre contre l'entête-
ment de Cambrelu, le bail était à son nom. Elle
ne vit là qu'un acte de folie douce chez le marchand de guano. Mais, bien qu'elle eût marqué
nettement son irritation, elle ne pouvait pourtant s'empêcher de rire en elle-même, à la
pensée qu'elle se trouvait, de fait, très réellement
maîtresse de ce somptueux logis.

Elle l'offrit en plaisantant à son parrain,
qui était le confident de ses escapades se-
crètes.

— Bigre ! dit le vicomte, il est décidément
féru, le vieux !... Tenir à te donner tout cela
pour rien, uniquement pour l'honneur de te voir
accepter ses écus, c'est raide, avec le caractère
qu'on lui connaît !... Car, si jamais on a vu un rat
plus dur à la détente avec les femmes, et plus
serré en affaires que lui, je veux bien qu'on me
pende !

— Si je voulais, pourtant ?... ajouta-t-elle en
riant.

L'incident vidé, il n'en fut plus question.

Cependant, Catherine, plus que jamais dans
l'amitié des Lorrain, s'était accoutumée à ces
joies saines, si pleines de réconfort pour elle,
et que jusqu'alors elle n'avait point connues.
Dans ce cercle d'élus, où sa nature étrange apportait une note jeune et volontaire d'enfant
gâtée, elle avait trop bien compris du premier
coup son effet de charmeuse, pour ne point s'ap-
pliquer au déploiement de ces grâces bizarres
qui tournaient toutes les têtes. L'audace de ses
coquetteries, avec des gens d'esprit trop supérieur
pour qu'elles parussent autre chose qu'un jeu
charmant, en même temps qu'un désir de plaire,

avait fait d'elle une sorte de démon familier
courant par la maison.

Mais il n'est rien de durable en ce monde :
pas même l'enivrement du succès. Bien qu'exaltée
par son triomphe, elle portait au dedans d'elle-
même un si grand besoin de sensations nouvelles, que, sans être moins sensible à son
bonheur nouveau, il arriva fatalement, un jour,
qu'elle trouva quelque monotonie à ce paisible
recommencement de chacune de ses soirées, si bien
réglées, que, lorsqu'elle y avait manqué la veille
pour aller à quelque théâtre, il lui fallait mentir
et inventer le prétexte d'un dîner chez sa mère.

Certes, la tutelle des Lorrain était douce,
mais c'était une tutelle. Si bien que, après s'être
réjouie quelques mois de se voir enfin soutenue
par une volonté ferme, et par une main sûre qui
désormais la protégeaient contre elle-même, et
la guidaient dans ce manque de raison qui lui
avait fait gâcher sa vie, elle en vint à se sentir
vaguement un peu gênée par ce joug.

« Le travail, c'est la liberté ! » dit un refrain
de chanson qui exprime certainement là, sans s'en
douter, la plus haute pensée de la philosophie humaine. Le lâche seul est asservi... Mais, pour cet

affranchissement superbe, il faut l'effort et le coup
d'ailes des vaillants bien trempés pour la vie.

Toute à l'impression de l'heure, Catherine
s'était transformée du jour au lendemain, enthousiasmée de ce labeur quotidien qui assurait
son indépendance, avide de bien faire, éprise de
vertu. Pourtant, à la satisfaction qu'elle éprouvait de ne plus craindre la misère se mêlait la
juste ambition du bien-être. Au second mois,
elle s'aperçut que son train, mal calculé, dé-
passait les limites de ses ressources, et qu'il lui
fallait le restreindre, ou se procurer un sup-
plément de leçons. Il n'y avait là que de quoi
relever son courage.

Antoinette Lorrain lui trouva deux élèves de
plus ; mais ce surcroît de travail, l'assujettissant
à courir tout le jour, ne lui laissait plus guère
de temps pour ses traductions.

Ses matinées prises, fatiguée le soir quand elle
rentrait, elle dut prendre sur ses nuits... Le résultat de cette lutte pour la vie, c'était quatre
cents francs par mois, subside inespéré autrefois,
et qui, certes, eût pu lui suffire avec de l'ordre...

Par malheur, Catherine était dépensière, n'ayant
jamais compté.

Avide de distractions bruyantes, incapable de se défendre contre l'ennui d'un labeur incessant, les échappées dans le luxe de Cambrelu, les parties de théâtre, si cachée qu'elle fût au fond d'une loge, l'entraînaient à des frais de gants et de toilettes qui ruinaient ses plus belles résolutions d'économie. Elle souffrait de se voir réduite à des rafistolages de fleurs ou de rubans, faute de pouvoir s'acheter un chapeau.

Un accident survint, qui pourtant lui fut une aide.

Un soir, dans une promenade au bois, Cambrelu ayant fait arrêter sa voiture devant le pavillon d'Ermenonville, pour lui offrir des glaces, il eut un mouvement si mal calculé, qu'il renversa une partie du plateau sur l'unique robe de soie qu'elle possédait.

De là à une réparation de sa maladresse, pour Cambrelu, il n'y avait qu'un pas : c'était affaire de couturière. Il fallut bien accepter ce compromis très naturel qui n'avait, après tout, rien d'effarouchant même au point de vue le plus strict des convenances, puisque ce n'était là qu'un dédommagement en quelque sorte dû, en pareil cas. Pour ne point afficher une suscepti-

13.

bilité ridicule et blessante, la robe nouvelle entraînant le reste à l'avenant, Catherine fut bien
forcée de laisser faire la toilette complète, ce qui
nécessita aussi le chapeau.

Il s'ensuivit que Cambrelu profita de ce pré-
cédent pour oser, par-ci par-là, quelques petits
cadeaux complémentaires qu'elle ne refusa plus.
Pourquoi, d'ailleurs, se fût-elle hérissée contre
des attentions sans conséquence, usitées dans
tout commerce d'amis !...

Les bonbons, les bouquets et les menues fan-
freluches ne font-ils point partie de ces galanteries permises, dont toute femme reçoit l'hommage comme un tribut banal, sans y attacher
la moindre importance ? Et, si quelque bijou
modeste se glissait dans quelque boîte de chocolat praliné, fallait-il en mener si grand bruit !...
Ne se montrait-elle point au contraire plus dégagée, en ne paraissant plus redouter qu'il fût
possible de se méprendre désormais sur le train
décisif de ces relations, où l'infortuné Cambrelu,
lui-même, proclamait le renoncement de toute
espérance ?...

— Ne suis-je pas votre *tuteur* ?... disait-il avec
son gros rire, quand elle se récriait.

XXVIII

Un jour, pourtant, on constata, chez Lorrain, les changements qu'avaient subis peu à peu les toilettes de Catherine. La coquetterie lui semblait si naturelle et lui allait si bien, que l'on ne vit qu'une grâce à cette recherche qui ne dénonçait, après tout, que le désir de plaire.

Mais il devait arriver que, sans s'en apercevoir, elle accentuât, dans la progression de son luxe, la révélation de dépenses au-dessus des moyens qu'on lui connaissait. Antoinette Lorrain, en femme de tête et de raison qui savait compter, avait avec elle établi son budget, d'après le produit net des ressources claires et limpides qu'elles avaient trop souvent calculées, à quelques francs près, pour qu'il fût possible d'en rien détourner, en des futilités coûteuses, sans creuser le gouffre des dettes.

En amie prévoyante, elle avertit gentiment Catherine, qui mentit, en attribuant avec aplomb cette apparence de désordre à des cadeaux de sa mère. Ida étant connue à fond par les Lorrain, l'histoire ne pouvait guère paraître vraisemblable, on y crut pourtant.

Mais, avec cette inconséquence et cette légèreté qu'elle apportait en toute chose, Catherine, convaincue du succès de son ingénieuse bourde, ne sut pas résister à l'envie d'éblouir le cercle d'amis qui déjà la comblaient de louanges dans ses atours modestes... Elle parut un soir, rayonnante, dans sa fameuse toilette.

Ce fut un cri d'admiration dont elle goûta le charme.

— Comment me trouvez-vous ? demanda-t-elle à Antoinette, en tournant devant elle avec ses airs d'espiègle.

— Superbe, ma chère ! Oh ! cette robe est d'un goût, et vous avantage à ravir !...

L'effet fut complet. Seulement, les compliments épuisés, avec ce flair de femme qui expertise une

toilette au jugé, Antoinette eut bientôt éventé
le faire d'une grande couturière, et le prix de
ce miracle d'élégance.

— Mais, ma petite Catherine, votre mère se
ruine, à des cadeaux pareils!... C'est au moins là
une robe de quinze cents francs.

Catherine, surprise sans vert en son imprudence, ne put se défendre de rougir à cette
simple observation.

— Oh! maman ne l'a pas payée ce prix-là,
répondit-elle vivement... Cela vient d'une mar-
chande à la toilette qui revend les robes déjà
portées... Elle a eu celle-ci pour cent francs.

— Ma foi! on la dirait faite pour vous.

— Ah! c'est parce qu'on l'a [retouchée... Si
vous voulez, je vous donnerai l'adresse, ajouta-
t-elle avec assurance.

Antoinette repoussa l'offre en riant.

— Merci, dit-elle, j'aime à me sentir chez
moi dans mes vêtements.

Catherine, s'apercevant trop tard de sa sottise,
en revint à plus de prudence. Il lui en coûta
pourtant de renoncer forcément à s'attifer des
cadeaux de Cambrelu, de peur d'éveiller les con-
jectures. Et, comprenant cette fois sa maladresse

à invoquer la générosité de sa mère, elle eut soin
de n'en plus souffler mot.

Il résulta de tout cela qu'elle sentit davantage le poids de ce travail, dont les ressources
étaient si limitées, que, en fin de tout compte, il
pouvait à peine la nourrir. Harassée de courses
pour ses leçons, le découragement la jetait dans
des réflexions mauvaises. « Si je voulais, pourtant ! » se disait-elle.

Était-ce donc vivre que de recommencer, chaque jour, à soulever ce fardeau d'esclavage ?

Son rôle d'héroïne, qui tout d'abord l'avait
enthousiasmée, lui paraissait à la longue affreu-
sement difficile à jouer.

Ce point d'honneur qu'elle mettait à refuser
les offres du millionnaire qui ne demandait que
le droit de la tirer de ses embarras, et d'assurer
son existence en *tuteur*, finissait par lui paraître
une exagération de principes ridicule.

Du moment qu'il était impossible de suspecter
des relations dont le respect était la base, y avait-
il donc là autre chose que le fait d'accepter les
preuves d'intérêt d'un ami, qui la trouvait digne
d'un meilleur sort ?...

A certains jours, pour aller chez une de ses

élèves, elle passait par la rue Jean-Goujon, devant
cet hôtel vide dont le bail était à son nom, et qui
l'attendait, paré, entretenu, fleuri, comme si elle
l'eût habité. Elle s'arrêtait à regarder *ses* fenêtres et *sa* volière remplie d'oiseaux. Tout cela
était correct, élégant, confortable et, s'y voyant
en rêve, elle se prenait à soupirer :

« Si je voulais, pourtant ! »

Mais elle réprimait bien vite ces idées folles.
Quelque illusion qu'elle eût voulu se faire sur ces
étonnantes libéralités de Cambrelu, elle ne pouvait se dissimuler qu'une aussi étrange situation
d'existence ne saurait être qu'horriblement com-
promettante pour elle, restât-il le plus respectueux
des bienfaiteurs. Quel motif pourrait-elle invoquer?... Comment expliquer d'une façon honnête
un aussi bizarre intérêt ?... Qui croirait à la réalité
de ce désintéressement, empruntant les formes
d'une aussi incroyable tutelle que rien ne justifiait?

Cependant, de quelque précaution que s'entourât
Catherine, dans ces escapades, renouvelées d'autant plus fréquemment qu'elles étaient sa seule
distraction, et qu'elles avaient surtout pour elle
l'attrait du fruit défendu, il devait fatalement
arriver qu'elle s'enhardît dans ses imprudences.

Il n'est point de femme qui ne se délecte à jouer avec le péril ; le plaisir secret de tromper les entraîne peu à peu à des audaces. Confiantes en des instincts de ruses innés ; aisément prêtes à toute dénégation formelle, le facile succès des premiers stratagèmes venus, toujours suffisants à couvrir tout commencement d'intrigue, les grise... Si bien que, se croyant sûres de l'impunité et garanties contre toute découverte, s'accoutumant aux habiletés, leurs feintises en viennent à crever les yeux.

— Je vous ai vue, hier, dans un bien bel équipage, lui dit un jour Lorrain, comme elle dînait en famille chez lui.

Elle eut un sursaut ; mais, se remettant bien vite :

— Moi ?... s'écria-t-elle en riant, dans un bel équipage ?... Ah ! grand Dieu ! quelle bonne nouvelle pour la Compagnie des omnibus ! — Et où çà m'avez-vous rencontrée ?

— Sur le quai de Billy, à six heures.

— Ah ! oui, j'ai pris le tramway au pont, pour aller dîner chez ma mère.

— Mais non, reprit Lorrain ; je parle d'un superbe coupé à deux chevaux, avec un chiffre sur la portière...

— Quel dommage que ce n'était pas moi ! exclama-t-elle avec un grand soupir.

— Comment ce n'était pas vous ?... Je vous ai vue comme je vous vois, ajouta-t-il. J'ai reconnu votre toilette... Vous étiez avec un monsieur que je n'ai fait qu'entrevoir. J'ai cru que c'était votre parrain qui vous emmenait dans la voiture d'un ami.

— Alors c'est à faire un procès à quelque intrigante qui s'est procuré ma ressemblance !

L'incident n'eut pas d'autre suite, l'aplomb de Catherine ayant détourné le coup, mais elle en prit pourtant alarme.

En cette vie de voisinage si intime, que, de maison à maison, on était presque toujours les uns chez les autres, il était difficile que la moindre des actions de Catherine ne fût point remarquée.

Ces fréquents dîners *chez sa mère*... où elle n'emmenait jamais l'enfant... pouvaient paraître d'autant plus bizarres, que les liens de la tendresse entre elle et Ida n'expliquaient guère un si grand besoin de se voir.

Elle s'aperçut trop tard de cette bourde, et, pour la réparer alors, elle inventa une nouvelle leçon « qu'elle ne pouvait donner que le soir ».

Mais il restait toujours le danger Cambrelu. En dépit de ses compromis de conscience, elle sentait trop bien qu'il lui était impossible d'avouer qu'elle le revoyait.

Avec cette maladresse, commune à presque toutes les femmes, elle se fourvoya à reparler de lui, pour avoir occasion de le charger d'imprécations, croyant ainsi détourner les soupçons, si par hasard ils venaient à naître.

Un jour, sans comprendre le froissement qu'elle devait exciter chez les Lorrain en évoquant un pareil souvenir, elle raconta à Antoinette qu'elle venait de rencontrer dans la rue *ce misérable...* « l'émotion et le dégoût qu'elle avait ressentis à sa vue ». Entassant histoires malhabiles sur mensonges hardis, pour masquer ses parties de restaurant ou de théâtre, elle inventa si bien, que, deux ou trois fois, oubliant le prétexte donné la veille, elle se fit prendre en contradiction avec ce qu'elle avait annoncé.

Les choses en étaient là lorsque survint un événement d'importance.

XXIX

Catherine avait dîné chez les Lorrain. C'était leur jour, elle n'y manquait jamais, ravie d'y briller dans son prestige, ou, comme on le disait plaisamment, *d'y exercer ses ravages*.

Elle animait comme toujours de son originale gaieté le courant de causerie, tout en travaillant à une tapisserie d'Antoinette, assise près d'elle sous l'abat-jour de la lampe, posée sur la grande table.

— A propos, et la nouvelle pièce du Gymnase? demanda Lorrain tout à coup.

— On en dit beaucoup de bien, répondit Vernier, du moins si j'en crois Clément, qui était hier à la troisième représentation.

— Oh! que je voudrais la voir! dit Catherine avec un air d'envie.

— Si vous voulez me permettre de vous y conduire, reprit galamment Vernier.

— Ah ! oui, je ferais là une belle affaire ! répliqua-t-elle en riant. Et les propos ?

— J'ai des cheveux blancs !

— Oh ! gris seulement !.. Par artifice !

Juste à ce moment, Clément entrait.

— Tiens ! tu vas nous renseigner, dit Lorrain en lui serrant la main. Nous parlions de la pièce de X...

— Oh ! un vrai succès !... répondit Clément. Du reste, madame Surville a dû déjà vous le dire. Je l'ai regardée tout le temps au fond de sa baignoire d'avant-scène... Et elle riait, et elle pleurait... à réjouir l'auteur.

Catherine devint pourpre. Elle était allée, en effet, la veille, au Gymnase.

— Moi ? balbutia-t-elle essayant de hasarder une dénégation, vous m'avez vue ?...

— Parbleu ! j'étais derrière ma fille et son mari, dans une loge en face de vous !... J'aurais été bien coupable de laisser ma lorgnette inactive, ayant pour doubler mon plaisir cette bonne occasion de vous admirer... Vous étiez, du reste, avec quelqu'un que je connais : M. Isidore Cambrelu.

Le coup était terrible, tombant si dru en plein mensonge, que Catherine perdit la tête, ne trouvant aucune parole pour se raccrocher.

Au froid silence qui se produisit, Clément comprit qu'il venait de commettre une effroyable bévue. L'embarras général était au comble, comme à quelque effet de scène inattendu.

Antoinette eut pitié de la confusion de Catherine. Et, pour essayer de sauver la situation pénible en lui donnant un tour plaisant :

— Voyez-vous la cachottière, dit-elle en riant, elle se moquait, à nous faire croire qu'elle n'avait pas vu cette pièce!

En ce milieu de gens d'esprit, la diversion suffit à détourner l'attention sur le premier sujet venu, et nul ne reparla de l'incident.

De retour chez elle, Catherine se prit à songer à ce qu'elle dirait à Antoinette, pour expliquer son escapade, et elle combina son plan. En somme, ce n'était qu'une gronderie à subir. Elle rejetterait d'ailleurs tout sur sa mère, à qui elle donnerait le mot. Ida confirmerait ce qu'elle voudrait, en prenant sur son compte la responsabilité de cette partie de théâtre, et la rencontre *for-*

tuite de Cambrelu... qu'il lui aurait été impossible de prévoir et d'éviter.

Le lendemain matin, elle se préparait à courir rue de Lancry, quand sa domestique lui annonça que Lorrain la priait de le recevoir.

Elle alla aussitôt le retrouver dans son petit salon, croyant à quelque message d'Antoinette, ou à quelqu'une de ces commissions dont elle la chargeait souvent pour Paris.

— Vous arrivez à temps ! lui dit-elle en entrant, j'allais partir.

— Je regrette de vous déranger, répondit-il; mais j'aurais besoin d'un moment d'entretien avec vous.

Au ton sérieux dont il prononça ces mots, elle flaira l'explication redoutée. Pourtant, toute souriante, elle lui montra le divan, et, s'asseyant sur un pouf en face de lui :

— Votre servante est, comme toujours, à vos ordres, cher maître, dit-elle. Mettez-vous là, et parlez...

Puis, baissant la tête avec une de ces moues enfantines dont elle savait l'effet :

— Je pressens que vous allez me gronder, ajouta-t-elle, comme une vilaine menteuse qui n'a pas de raison.

— Allons droit au fait, reprit Lorrain de son accent net et ferme. Vous revoyez ce monsieur Cambrelu.

— Oh! cela non, je vous le jure! s'écria Catherine. Et, si l'on m'a vue avec lui, c'était bien le hasard qui m'avait contrainte d'aller à ce théâtre. Cet homme odieux est venu, le soir, chez mon beau-père, comme je m'y trouvais... Il lui donne beaucoup d'affaires. Il a offert cette loge à maman, pour elle et pour moi. Et, comme on n'ose rien lui refuser, maman m'a forcée d'accepter en disant qu'il prendrait ma réserve pour une impolitesse... Je ne pouvais croire qu'il pensât à nous accompagner. Quand il s'est permis de nous rejoindre au théâtre, j'ai été furieuse, j'ai même absolument déclaré que je ne voulais pas me mettre sur le devant; mais, maman n'étant pas en toilette de loge, il m'a encore fallu lui laisser la place du fond... Du reste, M. Clément peut vous attester que je me suis tenue rencognée tout le temps, de façon à ne pas être en vue... Et enfin si, hier, je n'avais pas osé vous dire que j'avais été à cette pièce... c'est que...

— Mon Dieu! quelle peine inutile vous vous

donnez ! interrompit Lorrain. Précisément, pendant que vous étiez au théâtre, votre mère est
venue chez moi, croyant vous y trouver... Elle
nous a demandé de vos nouvelles, ne vous ayant
point vue, a-t-elle dit, depuis plus de quinze
jours.

Cette fois, Catherine s'était trop enferrée pour
qu'il lui fût possible de recourir à quelque autre
histoire. Le guignon s'en mêlait.

Elle demeura si décontenancée, qu'elle
n'eut même plus la pensée de chercher à se défendre.

— Mon Dieu ! dit-elle éperdue, si vous saviez
la vérité !...

— Je la sais, ma chère Catherine, reprit froidement Lorrain. Vos toilettes, vos bijoux... soi-
disant cadeaux de votre mère... révèlent suffisam-
ment que vous avez trop longtemps réussi à
nous abuser.

— Je vous assure...

— Ce n'est pas d'avant-hier que vous avez
renoué des relations avec cet homme, que vous
auriez dû ne jamais revoir, ajouta Lorrain. Je
vous ai aperçue dans sa voiture il y a un mois.
De son côté, Vernier vous a rencontrée deux fois

en même équipage... car nous avons causé hier après votre départ... Il y a cinq ou six jours enfin, un de nos gens vous a vue descendre de ce même coupé, comme ce monsieur vous déposait à l'angle de la rue.... Vous niez toujours, je le sais...

— Eh ! bien, oui, c'est vrai ! s'écria-t-elle vivement ; mais, sur ma vie, sur celle de mon enfant, je vous jure que je n'ai été que folle et imprudente !... Je vous jure qu'il n'y a entre nous que des relations d'amitié !

— Je veux bien le croire, reprit sèchement Lorrain. Seulement, ma chère Catherine, il se peut que le monde, que nos amis eux-mêmes soient un peu plus incrédules. Et, dans ce cas, vous devez le comprendre, je ne veux pas que, ma femme ni moi, nous puissions être mêlés à ces imprudences, qui, dans votre position, ne sauraient manquer d'être un jour qualifiées d'un autre nom. Pour nous qui savons ce qui s'est passé entre cet homme et vous, et qui vous avons tendu la main malgré tout, il nous est impossible de ne point apprécier ce seul fait de l'avoir revu, comme un manquement grave à la confiance que nous vous avons témoignée. Libre à vous d'exposer follement votre réputation ; mais

14

j'ai à garder, moi, le bon renom de ma femme...
Aussi, en vous exprimant mes regrets de ne plus
pouvoir vous être utile, me vois-je forcé de rompre,
entre nous, des relations qui ne pourraient plus
être que compromettantes pour ma femme et pour
moi, autant que gênantes pour vous.

Après le départ de Lorrain, Catherine fondit en
larmes... affolée, consternée.

Une heure plus tard, elle adressait ces quelques
mots à Cambrelu :

Jeudi matin.

« J'accepte... et je vais à l'instant m'installer
rue Jean-Goujon.

» CATHERINE. »

Puis, faisant mettre en paquets robes et linge,
comme si elle allait en voyage, elle envoya chercher une voiture, y monta avec sa bonne et son
enfant...

A dix heures, elle arrivait à son nouveau logis.

XXX

Le coup de tête de Catherine, exécuté avec cet entraînement d'inconséquence qu'elle subissait sans réflexion, avait certes pourtant de quoi l'effrayer.

L'entrée qu'elle fit à son hôtel fut pour elle une telle diversion, qu'elle oublia, en un instant, jusqu'aux derniers combats qui l'avaient encore assaillie durant la route.

Selon les ordres donnés dès longtemps, la maison l'attendait, toute prête, de façon qu'elle pût y arriver à toute heure. Lorsqu'elle parut, la concierge, qui la connaissait l'ayant vue, le jour de sa première visite, sonna pour avertir les gens.

Catherine traversa la cour et gravit les marches

du perron, où une femme de chambre la reçut,
en prenant de ses mains quelques menus objets
qu'elle portait.

— Madame monte-t-elle d'abord chez elle ? demanda la soubrette.

— Oui, je vous suis ! répondit Catherine, après
avoir parcouru d'un regard les jolis salons du rez-
de-chaussée qu'elle avait déjà vus.

— Je m'appelle Julie, madame, lui dit sa femme
de chambre, en déposant sur un meuble ce qu'elle
portait.

— C'est bien, merci.

Si le décorum n'eût point enchaîné les expansions de Catherine, elle eût presque poussé des
cris de joie en arrivant au premier étage de *son*
hôtel, qu'elle n'avait point osé visiter, lorsqu'elle
y avait passé. La princesse D... célèbre par son
goût, s'était bâti là une véritable demeure de
fée.

C'était un de ces nids à la fois charmants et
somptueux qu'il ne lui fût jamais venu à l'idée
de concevoir, même en rêve. La chambre à coucher, tendue d'une étoffe épaisse de soie bleu
Chine, brodée de ramages gris et rose, sorte de
Kanaousse certainement rapportée du Caucase,

était une merveille. Le cabinet de toilette ravis-
sant, élégant et confortable à miracle. Un petit
boudoir-bibliothèque, avec un joli recoin fleuri
formé par le balcon vitré, surplombant sur la rue
comme une sorte de moucharaby, l'enchanta
surtout. Il était impossible d'imaginer réduit plus
intime et plus gracieux, pour les heures oisives
du négligé.

Deux autres chambres tendues de perse, où
elle installa tout de suite la bonne et l'enfant.

Enfin, complément admirable, une grande pièce
garde-robe, entourée d'un corps d'armoires à
contenir vingt toilettes, et qui servait en même
temps de lingerie. Un trousseau magnifique, rangé
dans une armoire d'acajou, avec ses attaches de
faveurs roses, était déjà préparé, brodé à son
chiffre.

Ce fut un éblouissement.

Sa première installation accomplie, il s'agit de
régler le service des gens. La femme de chambre
les fit comparaître.

Sa maison, toute montée, se composait d'un
valet de chambre et d'une cuisinière qui étaient
mari et femme ; de plus un cocher faisant au
besoin, à l'intérieur, l'office d'un valet de pied.

14.

Catherine donna immédiatement ses ordres pour le déjeuner et le dîner.

Après quoi, le cocher s'informant si madame sortirait, elle commanda sa voiture pour quatre heures.

Assurément, une tête plus solide que la tête de Catherine fût partie dans le ravissement qui la grisa tout à coup, lorsqu'elle se vit, comme en plein conte de Perrault, passer, sans transition, de son pauvre logis d'Auteuil, où elle s'était levée le matin, à ce somptueux gîte. Cette conquête subite d'une existence fastueuse lui semblait invraisemblable. Il lui fallait un effort de pensée pour se convaincre de l'étonnante réalité.

Elle se mit alors à visiter toute seule *son* hôtel, pièce par pièce, nouant connaissance avec ses richesses, fouillant, furetant, s'extasiant à chacun de *ses* meubles, essayant les divans, les fauteuils mignons de couleurs disparates, rangés dans ses salons, et son piano à queue d'Érard, à côté duquel un casier contenait toute une bibliothèque de musique.

Elle ne sut résister au plaisir de marquer sa possession en jouant, comme un hymne de triomphe, un de ses morceaux les plus brillants.

Son imagination si vive et si folle, qui l'emportait si aisément, avait franchi, d'un coup d'aile,
toutes ces misérables barrières, qui la parquaient
dans une existence indigente.

— Eh quoi! elle avait tergiversé si longtemps?... Entêtée dans des exagérations de scrupules sans raison, elle s'était défendue d'être
heureuse et de profiter d'une fortune inespérée
pour elle, qui s'offrait avec insistance, et qu'elle
pouvait accepter, sans faire le moindre sacrifice
de son orgueil, comme le simple bienfait d'un
ami?...

Pour qui donc cette incroyable abnégation
que rien ne motivait?... Et ne saurait-elle pas
répondre, par l'honnêteté de ses actes, à des
soupçons absurdes, dont sa vie de misère et de
travail ne l'avait même point préservée?...

Tout à l'éblouissement de sa situation nouvelle,
elle ne se lassait pas de parcourir sa superbe demeure comme pour jouir de tout à la fois. Elle
se mit à soigner sa volière, et se fit apporter des
colifichets pour ses oiseaux. Puis enfin, de retour à son boudoir du premier, trouvant, dans
un délicieux secrétaire en bois de rose une pa-
peterie complète, elle écrivit à son parrain,

l'informant brièvement du changement survenu,
et l'invitant à dîner.

Son fils s'ébattait autour d'elle avec des cris de
joie. La découverte d'une armoire pleine de jou-
joux l'avait presque affolé.

A midi, sa femme de chambre lui annonçant
que « madame était servie », elle redescendit à
sa salle à manger ; ce fut un autre enchantement. Le service luxueux et de grand ton, la
fine chère d'un cordon bleu hors ligne, la tenue correcte des gens en livrée de matin... Ce
premier repas *chez elle* était une sorte d'inau-
guration formelle et définitive de son nouveau
train. Le valet de chambre stylé, aidé de Julie,
avait de ces façons discrètes et contenues de
serviteurs de grande maison.

Catherine possédait trop l'intuition des belles
choses pour ne point entrer dans son rôle. Particulièrement douée de cet instinct prime-sautier
des femmes intelligentes, ses airs de fille de
lord semblaient si bien à l'aise, et ce luxe lui
seyait si naturellement, qu'on eût dit, à son
aisance, qu'elle continuait ses habitudes de la
veille et qu'elle n'avait jamais déjeuné autrement.

Comme elle sortait de table, on lui annonça M. Cambrelu.

Elle alla le rejoindre au salon, où elle le trouva essoufflé d'émotion, bien qu'il fût venu en voiture.

— J'accours, dit-il, au reçu de votre lettre !

— Je vous remercie, répondit-elle en lui tendant la main.

— Non, c'est moi qui vous remercie, reprit-il au comble de sa joie ; c'est moi qui me mets à vos jolis pieds, pour ce grand bonheur que vous m'accordez enfin, de me prendre tout à fait pour un ami ! — Vous voilà ! Je vous tiens, et je vais donc pouvoir faire de vous la plus heureuse des femmes !... Ah ! c'est pour le coup que je vais m'en donner ! ajouta-t-il en ressaisissant avec transport sa main qu'elle lui laissa, en contenant pourtant son effusion.

— Oui ; mais, seulement, dit-elle, n'oubliez pas nos conventions. Amis... rien qu'amis !... Je veux être libre, ou sinon je m'en retourne...

— Tout ce que vous voudrez, méchante enfant ! s'écria-t-il radieux. Ce que je vous demande, c'est de me laisser vous arranger une belle petite existence, comme vous la méritez...

— Alors, c'est bien entendu... c'est bien dit?... Deux bons camarades !.. reprit-elle, en mettant le doigt sur ses lèvres avec son joli geste volontaire.

— C'est juré, sur vos beaux yeux !... si vous permettez que je les regarde.

— Ça, c'est permis, conclut-elle en riant, et tout à fait rassurée.

— Mais ce n'est pas tout ça, reprit-il ; il s'agit maintenant de régler vos affaires, de façon que vous n'ayez jamais à vous en embarrasser. Vous voyez bien ce petit meuble en ébène...

— Oui.

— Eh bien, le tiroir du haut a deux clefs. En voici une que je vous donne. Je garde l'autre, comme un curieux, pour venir espionner de temps en temps. Vous trouverez toujours là ce qu'il vous faudra pour faire marcher votre maison... Et, quand il n'y en aura plus... il y en aura encore ! ajouta-t-il avec son gros rire.

— Merci, vous êtes bon ! dit-elle en lui tendant la main, cette fois d'elle-même.

Les choses ainsi posées, avec une réserve extrême, Cambrelu, abrégeant sa visite, pour la laisser, disait-il, s'installer, prit congé de l'air le plus galant.

— A bientôt, lui dit-elle gentiment.

Dès qu'il fut sorti, elle courut à ce certain tiroir, et l'ouvrit. Il contenait dix mille francs en or.

Elle faillit tomber à la renverse, en se voyant ce Pactole.

XXXI

Si le compromis était étrange, il eût été du moins impossible de méconnaître le fond d'étonnante délicatesse dont usait le marchand de guano, pour alléger Catherine de toute préoccupation troublante, et lui enlever d'un seul coup toute cause de regret ou de souci. Devant ces arrangements si simples, sa résolution lui parut admirable, et, de plus en plus ravie de l'avoir exécutée en femme de tête, elle ne songea alors qu'à se mettre au niveau de la situation, en allant tout de suite chez sa couturière ; ce qui n'était pas la moindre affaire, dans la conjoncture présente.

Enfiévrée au milieu des péripéties de ce grand jour, commencé dans sa misère. et qui tournait si complètement à des splendeurs d'apothéose, elle sonna pour donner ordre d'atteler.

Un quart d'heure après, la grande porte de son hôtel s'ouvrit... Catherine partait dans son coupé, ayant jeté à son cocher l'adresse de la célèbre madame X..., chez qui elle dépensa, pour la combinaison d'un premier fonds de toilettes, deux de ces heures qui restent à jamais mémorables dans la vie. Madame X... se surpassa pour une cliente de cette élégante beauté ; leur conférence aboutit à plusieurs chefs-d'œuvre.

La composition d'une robe de chambre de cachemire bleu fut, à elle seule, toute une merveille.

Chez la modiste, la station dura moins longtemps ; il était pourtant presque déjà nuit lorsqu'elle arriva rue de Lancry.

En apprenant la grande nouvelle, Ida défaillit presque de bonheur ! il fallut lui faire respirer du vinaigre.

Quand elle put parler, elle eut ce cri de mère :

— Enfin, te voilà arrivée !... Et je vais me charger de ta dépense !

M. Bonnard et Aglaé survinrent, ce furent des transports...

Mais Catherine ne s'attarda point longtemps à ces joies de famille. Ne pouvant tenir en place, absente toute l'après-midi de *son hôtel,* elle grillait d'y rentrer pour y retrouver *son* luxe et *ses* gens...

Le retour rue Jean-Goujon lui donna cette fois une sensation plus nette de ce changement inouï d'existence dans lequel elle marchait toute étourdie depuis le matin. Quand son cocher cria pour la porte, et que sa voiture se rangea au bas du perron, il lui sembla à ce sentiment intime du chez-soi qu'elle ressentit, qu'elle était déjà faite à son logis.

Son parrain l'attendait.

Lorsqu'elle se fut défaite au salon de son léger pardessus, et de son chapeau qu'emporta Julie :

— Bigre! fillette, s'écria joyeusement le vicomte Aymar, quel train! quel chic!... Mais cet hôtel est un vrai bijou!

— Vous trouvez?...

— Je crois bien!... Ah çà! qu'est-ce que tout cela veut dire?.. Je viens de voir l'enfant et la bonne courant par la maison. Est-ce que, depuis ce matin, tu t'es installée ici?

— Comme vous voyez, c'est décidé, c'est fait!

— Sans rémission?...

— Puisque je vous ai invité à dîner.

— Tu as des décisions prestes !... Comment donc est-ce arrivé?... Tu n'y songeais pas du tout hier...

— C'est Lorrain et Antoinette qui m'ont fait comprendre ma bêtise de vivre en donnant des leçons de piano....

Elle lui raconta tout, et ne le surprit en rien. Trop roué pour n'avoir pas constaté, dès long-temps, que l'héroïque constance de Catherine n'était qu'un des *emballements* de ce caractère fait de caprices et de boutades, il avait prévu le dénouement final que devait amener, un jour, ce bel enthousiasme pour une existence modeste, *basée sur la raison et le travail...* mitigée par les escapades avec le Cambrelu.

Peu gêné par des préjugés sur la vertu, il s'était accoutumé, d'ailleurs, à envisager l'avenir de sa filleule comme devant aboutir fatalement à quelqu'une de ces occasions de fortune, dont Ida ne pouvait manquer de lui préparer les voies. Quoi qu'il en dût arriver, aventure pour aventure, le marchand de guano constituait du coup une *position* solide...

Tout s'arrangeait donc pour le mieux.

Le dîner devint une vraie fête. La dégustation des vins fut pour le vicomte Aymar une sérieuse affaire. Il se mit en contact avec madame Chauvin, la cuisinière, au sujet d'un salmis de bécassines, dont le liant lui parut digne d'une mention toute particulière. Ils conférèrent tous deux, madame Chauvin reconnaissant en lui, du premier coup, un de ces appréciateurs de haute distinction, pour qui l'on a plaisir à déployer ses talents. La notoriété du vicomte, d'ailleurs, était déjà connue des gens.

Le café, un peu noir, donna lieu pourtant à une critique qui fut recueillie. On lui apporta le moka en grains, il indiqua la nuance d'ambre brune que l'on ne devait point dépasser en le brûlant.

— Monsieur le vicomte me pardonnera, dit Chauvin, le valet de chambre, en servant les liqueurs ; mais, ne sachant pas qu'il dînerait, je n'ai pas eu le temps d'envoyer chercher de son skidam...

— Tiens, vous savez donc que c'est la seule liqueur que je prenne ?.. répondit le parrain..

— J'ai eu l'honneur de servir souvent mon-

sieur le vicomte, chez madame la marquise de
Tervo.

— Eh bien, monsieur Chauvin, mon skidam
sera pour une autre fois !... Frappé avec de la
glace pilée en neige, n'est-ce pas ?...

— Oh ! monsieur le vicomte peut être certain
que je ne l'ai pas oublié.

Lorsque Catherine et son parrain, assis dans
un fauteuil, et grillant ses jambes flageolantes
devant le feu flambant, se retrouvèrent seuls :

— Ma foi, fillette, mes compliments au Cambrelu, tout cela est parfait. Ta maison a de l'œil,
ton monde est stylé. Seulement, tu sais, si tu
m'en crois, ne laisse pas ta mère se fourrer là
dedans, elle y ferait du gâchis, d'abord... Et
puis tu l'aurais toujours sur le dos.

— Elle compte justement diriger la maison.

— Pardi! il y aurait un rude grattage ! Mais,
en ce cas-là, tu perdrais d'emblée la Chauvin,
qui est un cordon bleu de premier ordre !

— Comment faire alors ?

— Peuh ! rien de plus facile !... Déclare à
l'excellente Ida que Cambrelu ne veut pas qu'on
se mêle de rien !... En lui donnant le mot, il

dira tout ce que tu voudras, ravi, de son côté, de ne pas laisser établir ici un crampon.

Vers dix heures, le vicomte fit atteler pour se faire ramener à Sainte-Périne, avertissant François, le cocher, qu'il viendrait le lendemain donner son coup d'œil à l'écurie.

Une fois seule dans sa jolie chambre à coucher où elle avait été déshabillée par Julie, la tête sur son oreiller de dentelles, Catherine repassa toutes les émotions de cette journée.

Tout cela s'était si bien accompli comme un changement à vue de théâtre, qu'il lui fallait encore le témoignage de ce qui l'entourait pour la confirmer dans la réalité de sa métamorphose ; elle caressait de la main les tentures soyeuses de son lit, en se rappelant la pauvre chambre dans laquelle elle s'était levée le matin. Il lui semblait qu'un si long temps s'était écoulé depuis lors, grâce aux éblouissements de cette aventure, que ce n'était que par un effort qu'elle pouvait rattacher l'heure présente à cette pénible scène avec Lorrain, arrivée juste au moment où d'ordinaire elle partait pour ses leçons.

Sur cette pente, elle eut un mélancolique retour de pensée vers ces amis rigides qu'elle quittait ainsi.

« Mais avait-elle donc le moindre tort ?...

» Et leur incroyable susceptibilité n'était-elle pas cause de tout ?...

» Eh bien, oui, ils lui avaient tendu la main, ils l'avaient aidée à se refaire une situation qui la sauvait de sa misère... Mais avaient-ils donc prétendu la retenir sous un joug ?... Ou la régir comme un enfant incapable de la moindre réflexion ?... Mais était-ce, par-dessus tout, une raison pour l'accabler de soupçons odieux, et la traiter comme une fille entretenue... et cela, pour quelques cadeaux sans importance, offerts par un ami de sa famille ?... Dans son existence si étroite et si laborieuse, était-elle donc bien coupable d'accepter quelques distractions qui rompaient sa triste solitude ?...

» Que pouvait-on lui reprocher ?... Certes, il était facile à ceux qui jouissaient de toutes les joies de la famille, de l'amour, et de toutes les satisfactions d'une solide aisance, de prêcher la résignation au travail et de lui reprocher, à elle, qui pliait sous le chagrin de son abandon, quelques heures d'étourdissement et d'oubli !... Ah ! sans doute, ils allaient suspecter encore cette résolution vers laquelle eux seuls l'avaient poussée ; mais, dans sa richesse, comme dans sa pauvreté, elle saurait forcer leur estime en se montrant digne du respect de tous. Ils regretteraient de l'avoir calomniée... Et ce serait elle, alors, qui ferait généreusement les premiers pas, pour leur prouver que, dans sa prospérité, elle n'a point oublié ses amitiés du mauvais temps. »

Le cœur ainsi plein de bonnes pensées, elle songea au bonheur qu'elle voulait répandre autour d'elle, sur son parrain, sur sa mère, et surtout sur cet ami généreux, qui, se faisant son tuteur, témoignait une si grande joie de la voir partager sa richesse, ne lui demandant que d'être heureuse.

A coup sûr, elle ne serait pas ingrate envers ce bienfaiteur si délicat à lui faire accepter ses dons. Converti par sa réelle vertu, dominé, entraîné enfin à n'avoir plus pour elle que les pures tendresses d'un ami, n'était-il pas touchant de le voir à ses pieds ?...

Sans famille et sans affections, elle allait l'entourer de ces soins filials qui sont le réconfort de la vie, et dont il n'avait jamais connu les douceurs.

Pourquoi le monde s'étonnerait-il si, la chois-

sissant pour héritière d'une fortune dont il ne
croyait pouvoir faire un plus noble usage, il
trouvait auprès d'elle cet appui si charmant
d'une pupille reconnaissante et dévouée?... Elle
allégerait ce qu'il lui restait des tourments d'un
amour malheureux, en berçant doucement une
illusion qui, dans les formes présentes de leur
amitié, allait devenir une grâce. Quel mal, du
haut de son prestige, de se montrer un peu
coquette, par bonté d'âme, pour aviver ce pauvre
contentement qu'il ambitionnait de satisfaire tous
ses caprices?...

Lui ménager cette ombre de bonheur, n'était-ce
pas mériter d'avance un héritage dont sa seule
vertu aurait, en somme, été le prix?...

Sur cette dernière bonne pensée, elle s'en-
dormit...

Après des songes d'or, elle eut à essuyer une
horrible scène avec sa mère, accourant dès le premier matin, pour prendre en main la direction
du service et de la maison, résolue à s'installer
dans l'hôtel de sa fille, en se partageant à demi
entre elle et M. Bonnard, à qui, disait-elle, il
resterait Aglaé.

Ida, du premier coup, se choisissait déjà sa

15.

chambre, pour les jours, où elle coucherait rue Jean-Goujon, lorsque Catherine coupa court tout net à des espérances si longtemps caressées, en déclarant ce grand dévouement inutile... « attendu que, grâce à l'ordre parfait et au courant déjà établi, les choses marchaient toutes seules, sans qu'il y eût nécessité d'une aussi active surveillance ».

Ce fut un coup de foudre pour Ida, et jamais l'écroulement d'un rêve ne produisit pareil fracas... Tout son vocabulaire des grands jours s'exhala en plaintes, en cris maternels qui firent presque accourir les gens.

« Ainsi sa fille la chassait ! Sa fille, qui lui devait tout, jusqu'à cet hôtel d'où on la mettait à la porte, à présent qu'on n'avait plus besoin d'elle. Mais qui donc lui avait donné cette fortune, si ce n'était elle ? qui avait trimé trois mois pour lui amener Cambrelu ?... Et voilà comme on la récompensait !... Bien sûr elle n'était pas si bête, et elle ne s'en irait pas comme ça !.. »

Catherine, se rappelant le conseil de son parrain, se retrancha précisément derrière la volonté de Cambrelu, en disant que c'était lui qui, ayant choisi les Chauvin, désirait que personne n'inter-

vînt dans ce qu'il avait, réglé lui-même pour la
conduite de la maison... Pour montrer à sa
mère qu'elle n'était point ingrate, elle lui promit cinq cents francs par mois.

Ida se considéra comme ruinée !...

Elles se quittèrent fâchées.

XXXII

La véritable métamorphose de Catherine ne
fut vraiment accomplie que lorsque ses toilettes
furent prêtes, et qu'elle eut pu mettre au niveau
de la situation les réelles élégances de sa personne, si bien faite pour sa voiture et son hôtel.
Ses pauvres accoutrements de maîtresse de piano
juraient trop dans ce luxe, pour qu'elle ne
retardât point son complet essor, jusqu'à ce
qu'elle eût pourvu à tout ce qui lui manquait...
Et elle manquait de tout...

Modiste, lingère, cordonniers, couturières défi-
lèrent donc pendant une semaine, qu'elle employa
à régler son train, s'acclimatant à sa richesse,
et s'étudiant aux nouvelles attitudes qu'elle
allait adopter désormais dans sa haute destinée.

Enfin le jour se leva où Catherine, rejetant les restes de sa chrysalide de misère, put paraître aux regards en brillant papillon.

Tout d'abord, une très grande décision avait été prise.

Grâce à l'inventive du parrain, connaissant son Paris et les questions de chic comme personne, pour dérouter enfin les rappels d'un passé prosaïque, le nom bourgeois de Surville sonnant mal, le vicomte avait proposé que Catherine se fît appeler *mistress Hogarth*.

Le nom avait un joli parfum excentrique seyant on ne peut mieux à la fille du lord.

Cambrelu avait adopté cette heureuse idée avec enthousiasme.

Mistress Hogarth fit donc un beau jour son début en calèche, au Bois, au côté de son parrain.

L'attraction fut immense.

Le vicomte Aymar avait veillé aux moindres détails de l'équipage de sa filleule, depuis les bouffettes des chevaux jusqu'à la cocarde des gens. Rien qui tirât l'œil ; mais ce fini de correction et de genre anglais simple et de haut goût, qui tranche sur l'apparat de faux ton et de faux luxe des financiers enrichis.

C'était par un beau jour d'arrière-automne, et le tour du lac s'en émut.

Le vicomte de Trédec étant très connu pour ses attaches aristocratiques, on s'interrogeait. Les airs de fille d'Albion de Catherine, à demi cachée sous son léger voile, comme si elle n'eût eu nul souci de son éclatante beauté, cette note juste d'élégance et de distinction qui ne permettait point les suppositions équivoques sur le rang de cette belle inconnue, intriguaient fort toute la *gentry*.

Qui était-elle ?... D'où venait-elle ?...

L'effet fut pour ainsi dire instantané.

En son hôtel, le train avait suivi, avec ce tact particulier qu'elle apportait en toute chose. Sous la direction savante du vicomte, décidément de la maison, et qui veillait à tout, la guidant, la formant à cette perfection de style mondain, plus rare qu'on ne pense, même chez les femmes de haut lieu, et dont elle avait si bien l'intuition, en quelques jours elle fut *mistress Hogarth* jusqu'au bout des ongles. Avec un tel Mentor, réglant enfin jusqu'aux convenances de toilettes, selon la circonstance, l'heure du jour, ou le temps qu'il faisait, tout fut bientôt chez elle d'un ton exquis.

Cependant, sur les hauteurs de son empyrée, un léger nuage troublait l'azur de Catherine. Son parrain qui l'amusait, la distrayait, la promenait, lui était devenu trop utile pour qu'elle pût se passer un seul jour de lui. Chaque matin, il arrivait; mais, après la scène plus que vive que le vicomte avait eue avec Cambrelu chez les Lorrain, il était un peu difficile que ses deux protecteurs se rencontrassent. Il en résultait une gêne, peu lourde à la vérité, car. dès que le marchand de guano venait en visite, le vicomte, que sa grandeur n'attachait point au rivage, se retirait, laissant la place, et montait jouer avec l'enfant.

Pourtant, c'était une gêne.

Elle y pourvut, en invitant gentiment Cambrelu à dîner *en famille*.

— Dame! il est mon parrain, dit-elle avec un sourire câlin, vous ne pouvez en être jaloux. C'est lui qui me garde!...

Cambrelu n'était pas pointilleux. Trop malin pour ne pas comprendre les avantages d'une fusion, il accepta avec empressement.

— Je veux absolument que vous soyez amis !
ajouta-t-elle.

Le dîner de famille fut charmant. Les deux
protecteurs se connaissaient de vue et de nom.
Avec ses réelles grandes manières et ses allures
si aisées de bon vivant, le vicomte fit d'emblée
la conquête du millionnaire, lequel, du reste,
de son côté, perça à jour, du premier coup, le
fonds de morale accommodante du parrain.

Ils s'entendirent au madère, se plurent au
rôti ; au dessert, ils étaient amis comme deux
personnages naturalistes, comprenant aisément
que, n'ayant rien pour se gêner l'un l'autre,
ils pouvaient, au contraire, se servir au besoin.

Catherine fut ravie de les voir se lier si bon-
nement.

Le parrain, éclairant la situation, décerna même
tout carrément à Cambrelu la qualité de *tuteur*,
basant ainsi des titres à leur commune amitié.

On fit alors mille projets de fêtes et de parties,
sans préjudice de la formation d'un milieu de
société nécessaire à l'animation intérieure de
l'hôtel, et d'un courant de réceptions en rapport avec le grand train de la belle mistress
Hogarth...

Le lendemain, pour sceller une aussi heureuse entente, Cambrelu survenait en famille au déjeuner, apportant à sa pupille un roman nouveau à sensation paru le matin...

Vers quatre heures, ils allaient tous les trois en calèche au Bois, le vicomte Aymar trônant près de Catherine, le *tuteur* sur le devant.

XXXIII

A partir de ce jour, Cambrelu n'eut plus à compter ses visites, et devint un commensal familier, ami du vicomte Aymar, très commode en la situation, et qui lui faisait les honneurs avec sa belle désinvolture de chaperon avoué de sa filleule. Fermant les yeux d'un air paterne sur les galants badinages, le parrain couvrait en même temps, pour Catherine, les grâces de ce rôle de pupille auquel il donnait sa sanction, et le lui rendait si facile, qu'elle n'y voyait plus que le naturel tribut de reconnaissance à coup sûr bien due.

Jaloux de la distraire, et tout occupés de son bonheur, les deux amis décidèrent un soir de lui faire donner chez elle un grand dîner. Donc,

après s'être concertés, ils invitèrent chacun leurs
intimes.

Pour ce début, le train de l'hôtel, mis en
quelques jours sur un pied grandiose, fut trans-
formé, le nombre des gens triplé. Les serres de
Cambrelu se vidèrent pour tout fleurir.

On fit ainsi une sorte de pendaison de cré-
maillère. Une vingtaine de convives tout au plus;
mais tous choisis parmi les sommités de la
grande vie.

Le succès de Catherine alla jusqu'aux nues.

A Paris, les célébrités se fondent vide. C'est
là surtout que la Renommée a des ailes. Deux
semaines ne s'étaient point écoulées que la belle
mistress Hogarth était lancée ; ses toilettes, ses
équipages, l'éclat produit par le fameux portrait que l'on se rappela, aidant par surcroit,
elle devint la « Buveuse de perles », et ce gracieux surnom l'accompagna partout. Elle l'entendait murmurer sur son passage, aux courses, au
théâtre, au Bois.

Cependant, par disgrâce, toute médaille a son
revers. Et les étoiles en vue ne restent point
aisément dans les nuages qui protègent les
humbles.

En dépit du mystère, de son irréprochable
tenue, du ton sérieux de sa maison, la situation
de mistress Hogarth fut bien vite commentée.
Si Cambrelu n'avait point les profits de l'aventure, il ne pouvait manquer d'en avoir à la fin
tout l'honneur.

Reconnu bientôt pour le protecteur en titre,
bien qu'il ne se payât que d'apparences, à défaut
de réalités, il faisait trop princièrement les
choses, pour que la *tutelle*, avouée entre amis
chez cette belle étrangère, où il affectait volontiers des prérogatives, fût acceptée longtemps
comme désintéressée.

Quelques fidèles de la maison racontaient bien
comme *un comble* le véritable platonisme de ces
relations de *pur* intérêt, pour une adorable personne dont le vieux roué, pris sur le tard d'une
passion débordante, avait l'intention de faire son
héritière ; mais l'histoire était trop romanesque
et le personnage trop connu pour trouver beaucoup de crédules.

Catherine, absolument inconsciente, se grisait
de plus en plus dans les sublimités de son héroïde.

Adulée, flattée par les hommes qui l'entouraient, elle tenait cour et régnait ; convaincue

de la régularité de sa situation dans le monde, elle projetait de donner quelques fêtes dans l'hiver, pour étendre ses relations et se faire un salon, disait-elle, à la Récamier.

Elle comptait déjà sur les Lorrain et tout leur cercle, de la Faculté et de l'Institut... qui s'étendrait naturellement.

Le vicomte Aymar approuvait, le tuteur l'encourageait.

XXXIV

Comment cette défaite arriva, il serait impossible de le raconter; car Catherine y glissa si inconsidérément et par une pente si insensible que, lorsqu'un jour elle se trouva, cette fois, maîtresse de Cambrelu, le cours naturel des choses lui sembla si bien découler de sa reconnaissance et de ses sentiments de pupille, qu'elle ne songea presque point qu'il pût en être autrement.

Les circonstances avaient, certes, tout à fait modifié les conditions de cette chute naguère si horrible, et qui avait failli la tuer.

Ç'avait été une surprise d'un soir, entre chien et loup, dans son boudoir à peine éclairé par la lumière qui venait des lampes du salon, la conséquence enfin d'une sorte d'apprivoisement où, peu à peu, sans y attacher aucune importance, et presque jour à jour, elle avait cédé de ces bagatelles, de ces mignotises, de ces baisers dérobés furtivement qui donnaient tant de bonheur à ce pauvre Cambrelu et qui, à elle, lui coûtaient si peu.

Énivrée de ses splendeurs, touchée vraiment au fond du cœur de tout ce qu'il lui prodiguait avec tant d'abandon, en ce gentil rôle de pupille qu'elle avait facilement résolu, pouvait-elle se hérisser en lui refusant ces menues tendresses qui étaient son unique récompense ?...

Trop sûre d'elle-même, comme il arrive à tant de femmes, elle avait marqué ses limites...

Ce soir-là, l'occasion, l'obscurité peut-être pour complices, presque sans qu'elle y prit garde, les limites furent dépassées ; cédant par faiblessse, elle s'était si mollement défendue, qu'elle n'avait même pas eu conscience du péril...

Chercher à expliquer l'inconséquence de certaines natures mal équilibrées, autant vaudrait chercher dans l'air le sillage de l'oiseau qui vole.

Maîtresse de Cambrelu, son premier mouvement fut une véritable stupeur. Et pourtant,

bien qu'elle en fût restée d'abord tout effarée,
Catherine n'eut point un instant l'idée qu'elle eût
rien perdu de la haute estime qu'elle s'accordait,
la reconnaissance couvrant à ses yeux cette situation nouvelle, qui ne changeait rien à sa vie.

Son parrain lui-même, lorsqu'elle lui confessa
ce secret, ne parut pas plus surpris que s'il se fût
agi là d'un arrangement intérieur, plus commode,
et résultant des relations établies. Cambrelu,
d'ailleurs, ne se gênant pas devant lui, le tutoie-
ment dont il usait depuis quelques jours envers
Catherine avait édifié déjà le vicomte sur le grand
événement survenu, lequel déterminait, à son
avis, d'une façon définitive, l'établissement de sa
filleule.

Pour lui, ce fut tout.

Cependant, malgré son inconscience et ces
écarts de son imagination qui l'égaraient si souvent, tout en excusant à ses propres yeux ce
nouvel état de tutelle que justifiait sa gratitude,
Catherine fut pourtant forcée d'y découvrir
bientôt une sujétion qui entamait singulièrement
son indépendance.

Étant donnée l'extraordinaire aventure de cette
adoption qu'elle avait acceptée comme un bien-

fait, autant que comme un hommage à sa vertu ;
et, bien que, par un sentiment de compassion
qui n'était presque que l'acquit d'une dette de
cœur, elle en fût venue, se payant de ce mot :
*à faire de son tuteur quelque chose d'approchant
un mari,* son compromis de conscience n'était
point toujours facile. Il n'y avait, à coup sûr,
rien là qui ressemblât pour elle à une de ces
déchéances de femme entretenue que l'on paye...
Mais, si naturelle qu'elle trouvât sa situation de
pupille, et si haut qu'elle se gardât encore dans
son orgueil entêté d'elle-même, il lui fallut pourtant bien s'avouer que sa reconnaissance n'allait
pas sans de durs ennuis.

Cambrelu, tout à l'ivresse d'une de ces passions de vieillard qui ont un nom dans la patho-
logie, ne quittait plus la rue Jean-Goujon, et ce
fut un affreux joug d'écœurements sur lequel
elle ne put du moins plus se leurrer...

Elle commença bientôt à sentir le prix que lui
coûtait sa richesse...

— Dame, ma fille, lui dit son parrain philo-
sophiquement, c'est la conséquence de la chose.
Profites-en pour te faire payer l'hôtel, et surtout pour te faire assurer de bonnes rentes, plus

solides que des promesses d'héritage. Il ne faut
pas te dissimuler que, sans cela, Cambrelu t'aurait bien certainement un jour plantée là, n'ayant
pas de raisons de te monter longtemps un train
sur un pareil pied, uniquement pour l'honneur
de la philanthropie.

» Enfin, quoi ?... ajouta-t-il. Tout ça, c'est
des affaires de ménage... Il ne manque pas de
femmes qui ont de vieux maris, et qui sont
encore joliment heureuses de les avoir trouvés
pour mener la vie en grand, avec des équipages
comme les tiens... Toi-même, si tu avais été
veuve, est-ce que tu aurais hésité trois minutes
à déserter tes leçons de piano pour accepter
l'offre de sa main? Mais qu'est-ce que tu veux,
tu as ton mari, on n'y peut rien !... Tu n'es que
séparée ; c'est la faute du Code... Est-ce que la
plupart des femmes, dans ta position, ne sont
pas obligées de se refaire une existence? On
tâche d'arranger sa vie comme on peut... Oui ou
non, Cambrelu peut-il t'épouser? Non, n'est-ce
pas?.. Eh bien, alors, il faut te contenter de vivre
dans les seules conditions de mariage qui soient
encore possibles entre vous deux...

Catherine n'était pas de force à réfuter de

parcils sophismes, tombant du haut de l'expérience de son parrain. L'aplomb du vicomte
Aymar était du reste au large, dans cette question qui l'intéressait pour lui autant que pour
sa filleule.

Étant certes trop roué pour ne pas comprendre que la position, si belle qu'elle fût, ne
pouvait longtemps durer si le marchand de
guano, qui courait après son argent, n'y trouvait
pas à la fin le loyer positif de ses sacrifices et
de ses avances, le viveur ruiné, revenu à de
beaux jours, se sentait, sans le dire, comme
l'oiseau sur la branche. L'hôtel de la rue Jean-
Goujon, la chère fine et choisie apprêtée par
madame Chauvin, le luxe supérieur réglé par
ses soins lui paraissant préférables au régime
de Sainte-Périne, où il ne rentrait même plus
toujours pour y coucher ; il était trop pratique
pour n'avoir pas considéré la victoire de Cambrelu comme un événement majeur, qui fon-
dait enfin l'avenir sur des bases sérieuses et
durables.

— Et regarde encore, dit-il en concluant, ton
ménage est si bien arrangé, que tu as même cet
avantage d'être libre, ton mari ne demeurant

pas chez toi !.. C'est un mariage *morganati-que*... Ce qui te rend l'existence facile.

Il n'est rien de tel que de savoir définir les choses. Appuyée sur cet aperçu de la situation particulièrement ingénieux, Catherine, toujours alerte à se forger des chimères, partit avec conviction pour ce nouvel état *morganatique* qui, tout à coup, la réconciliait si bien avec elle-même, qu'elle y trouva par surcroît un élément romanesque de très grand ton.

Toute pleine de l'exposé philosophique et social de son parrain, elle eut, le soir même, un long entretien avec Cambrelu.

Ne voyant que des avantages pour lui, dans cette façon relevée d'envisager son bonheur, le marchand de guano promit tout ce qu'elle voulut, enchanté de n'avoir plus à combattre des repentirs ou des remords.

— Mais certainement que je suis ton mari ! s'écria-t-il. Qu'est-ce que je demande, moi ? C'est que tu sois absolument ma femme, en attendant, comme tu le dis, que nous puissions régulariser tout, aussitôt que les circonstances le permettront !..

Cependant, si régence que se sentit Cambrelu

en empaumant l'euphémisme du parrain, il arriva
bientôt qu'il se trouva englué, plus qu'il ne
l'eût voulu, dans ces arguties de femmes que
le plus avisé ne peut jamais prévoir.

Catherine, en possession d'un état déterminé,
qui élevait sa sphère d'action à des hauteurs
nouvelles, prit si bien au sérieux ses droits, que,
dès le lendemain de ce jour, elle traita Cambrelu si réellement *en mari*, le mettant au régime de ses caprices d'enfant volontaire et de
ces tyrannies vaillantes, dont elle savait d'ailleurs si bien s'armer contre lui, que la haute
combinaison *morganatique* parut très carrément
fastidieuse au vieux viveur.

Mais Catherine tint bon.

« En attendant la régularisation de leurs
liens secrets, disait-elle, il fallait prendre soin
de leur considération commune... Les convenances du monde les contraignaient à des ré-
serves. »

Elle y gagna de le rationner dans ses jours,
de « peur *qu'il ne la compromît aux yeux de
ses gens* ».

L'heureux Cambrelu, qui se croyait déjà ville
conquise, fut certes fort ébaubi de ce point de

16.

vue matrimonial, sur lequel il n'avait pas du tout
tablé ; il versa ses soucis dans le sein du parrain.

— Dame, mon cher ami, dit le vicomte, entre
nous, Catherine n'est vraiment pas une femme
comme une autre ; et je crois que le duc de Rios
voudrait bien être à votre place... Vous ne pouvez pas espérer d'elle, je suppose, qu'elle se con-
duise comme une sauteuse... Et d'abord, moi,
son parrain, qui la chaperonne, je ne le lui per-
mettrais pas!...

Pris dans sa vanité devant ces grandes
façons qui lui imposaient, Cambrelu se sou-
mit, le nom du duc de Rios n'étant pas, d'ailleurs,
entré dans l'oreille d'un sourd...

Tout compte fait, la tête plus que jamais perdue par sa passion, exalté par ce triomphe de
posséder enfin une *femme du monde*, ne songeant plus enfin qu'au relief surprenant que cette
situation lui donnait, il se résigna.

XXXV

Une des grâces d'état de la femme, même chez
les plus intelligentes, c'est d'innocenter pour
elle ce qu'elle blâme très catégoriquement dans
les autres. La casuistique n'a rien de plus abstrait
que les distinctions dont elles se leurrent. Catherine se fût certes indignée à l'idée que l'on pût
dénaturer ses motifs, à ce point de croire qu'elle
fût en rien déchue de sa considération dans le
monde. Sa situation désormais définie par ce
fameux mariage morganatique, qu'elle prit de
haut du côté romanesque, elle se lança en plein
dans la résolution d'éblouir par un train de luxe,
et de fêtes, que ses instincts d'artiste ne pouvaient manquer de mettre au premier rang. Dé-
vorée de ce besoin d'être en vue, de subjuguer,
d'être admirée dont elle était possédée, et qui la

tenait comme une fièvre, elle enflamma aisément
Cambrelu, ravi par la pensée que tout ce bruit
qu'elle rêvait allait lui conquérir à lui-même
un remarquable lustre.

Le vicomte Aymar, très répandu dans tous les
cercles, se chargea de recruter un monde.

Catherine eut son jour, donna des dîners
d'abord un peu intimes, quelques hommes de
lettres, artistes et journalistes choisis en consti-
tuant le fond ; les réceptions de la rue Jean-Goujon, célébrées par des reporters, occupèrent
bientôt l'attention, et prirent rang parmi les
quelques salons d'hommes devenus de mode. Il
fut de bon genre d'y être admis.

Quelques soirées-concerts, avec les virtuoses
les plus rares, achevèrent de poser le ton sérieux
de ces réunions d'art.

On sait l'influence d'un nom à Paris, l'étrange
beauté de mistress Hogarth, sa tenue, ses façons
adorables, son esprit original, la légende de *la
Buveuse de perles*, enfin et par surcroît, son faste
de maison exquis, donnèrent à ces réunions intelligentes un véritable cachet.

Il faut le dire, d'ailleurs, le vicomte Aymar
de Trédec, en ce renouveau de ses grands jours,

et devenu casanier « par suite de sa base endom-
magée », aidait singulièrement, par ses superbes
inventives, à l'éclat de cette large existence soutenue par tant de millions.

Cambrelu payait à caisse ouverte et ne comptait plus ; car, bien qu'usant d'une réserve imposée, qu'il estimait comme le comble des belles manières, il n'ignorait point que, dans son
milieu, nul ne doutait de l'état des choses. Ses
affectations de discrétion ajoutaient à ses yeux
mêmes un plus haut prix à sa conquête ; exalté
de l'idée qu'il tranchait du grand seigneur, il se
voyait enfin son heure de célébrité.

Éblouie de ses succès, Catherine s'étourdissait,
s'enivrant de son triomphe, surmenant son imagination, ses caprices les plus fous. Prise par une
sorte de vertige au milieu de cette richesse,
affolée d'orgueil avec l'étrange fougue de caractère qu'elle mettait à toutes choses, il lui
semblait si bien suivre le cours de sa légitime
destinée de fille de lord, qu'elle se fût presque
étonnée, si quelque retour de pensée importune
lui eût rappelé les jours d'épreuves et de misères qu'elle avait autrefois traversés, comme dans
un mauvais rêve.

XXXVI

Une après-midi, vers quatre heures, on était aux jours les plus courts de l'hiver. Pour aller reprendre l'enfant qu'elle avait envoyé chez sa mère, Catherine allait sortir, dans une toilette des plus modestes, qu'elle mettait pour ses visites à la rue de Lancry ; elle ajustait sa voilette, et elle allait mettre le pied dans l'antichambre, quand le timbre sonna, annonçant une visite.

Elle se hâtait, pour donner ordre que l'on répondît qu'elle ne recevait pas ; mais, comme elle soulevait la portière, un de ses gens ouvrait la porte du péristyle, et elle se trouva presque en présence d'un inconnu. La silhouette étant à contre-jour sur la cour, elle avait brusquement laissé retomber la tapisserie sans avoir pu dis-

[...] de l'importun, lorsqu'elle lui
[...] demandait madame Surville »

[...] mots, Catherine eut un tressail-
[...] la secoua tout entière ; il lui sembla
[...] mourait...

[...] de reconnaître la voix de son

[...]ville à Paris !... Chez elle !... C'était
[...]...

[...] mouvement fut un élan de cœur
[...] pour courir dans ses bras ; mais, tout
[...] songea...

[...] idée lui vint de s'enfuir, de se cacher
[...] coin de son hôtel...

[...] temps, elle entendit le domestique
[...]reau, parlementait ainsi :

[...]ieur veut dire sans doute : madame
[...]

[...] répondit Victor Surville, je n'ai pas
[...]eur d'être connu de madame Hogarth ; je
[...] pour madame Surville... que l'on m'a dit
[...]meurer chez elle...

[...] Catherine ressentit une véritable épouvante à
[...] explication, dont elle comprit le terrible
[...]ger... Qu'allait-il advenir?...

D'un geste plus prompt que la pensée, elle se montra.

— C'est bien, dit-elle au valet de pied, faites entrer.

En l'apercevant, Victor Surville eut un sursaut.

Pourtant il fit un salut, auquel elle répondit en s'inclinant.

Se retenant à la portière, et, d'un air d'embarras indicible, presque sans voix, elle l'invita à la suivre.

Une fois entrés au salon, ils demeurèrent un instant muets l'un devant l'autre. Elle sentait son cœur battre à se rompre.

Cependant, elle trouva la force de lui désigner un siège. Après quoi, impuissante à se régir, anéantie, brisée, elle tomba sur un fauteuil.

A la vue de son mari, là, dans cet hôtel, comme dans un éclair déchirant tous les voiles, la malheureuse venait de comprendre tout : de sa situation et de sa vie.

Elle avait peur. Venait-il pour la tuer ?..

— Pardonnez-moi, dit enfin Surville, aussi décontenancé qu'elle-même, d'être venu vous trouver ici. Je comptais n'y prendre qu'une information pour vous écrire. Je suis arrivé ce matin

même, et, sachant par Lorrain que vous demeu-
riez près d'eux, j'ai couru à Auteuil. Ils sont
absents; on m'a envoyé à votre maison, où j'ai
eu votre adresse : chez madame Hogarth. Or,
comme je ne voulais pas aller chez votre mère,
et désirant voir mon fils, j'étais donc bien forcé
de recourir à vous.

Catherine, atterrée par son émotion, l'écoutait
toute tremblante.

— Ah ! murmura-t-elle, M. Lorrain vous avait
écrit?

— Oui, en m'apprenant votre vie de travail,
et vos leçons. Seulement, j'ignorais que vous
fussiez maintenant ici...

Voyant qu'elle gardait le silence.

— Oh! ne craignez rien, reprit-il. Je m'em-
presse de vous dire que, si l'on n'y sait rien
de votre séparation, vous n'avez rien à
craindre de ma venue. Il suffira que nous
convenions de la façon dont je verrai l'enfant...
Où est-il?...

Elle comprenait l'erreur grâce à laquelle son
mari ne la croyait pas là chez elle.

Dans le désordre de ses pensées, de ses
terreurs, elle entrevit, dans cette méprise, le

17

moyen peut-être de se sauver, en conjurant d'abord le péril le plus pressant.

— Il est chez ma mère! répondit vivement Catherine.

— Qui, je conçois qu'il vous soit difficile de l'avoir avec vous, reprit Surville. En ce cas, je pourrais le faire prendre... A moins que vous ne préfériez me l'envoyer...

— Oui, cela vaudrait mieux ! se hâta de répondre Catherine. La bonne le conduira chez vous.

— Quand ?

— Demain..., aujourd'hui même, si vous le voulez, ajouta-t-elle avec empressement.

— J'en serai très heureux, si cela vous est possible, reprit-il ; car je ne fais que traverser Paris, et je repars demain pour Londres.

— Ah !... dit-elle.

Et une lueur d'espoir lui revint tout à coup.

— Je retarderais pourtant, si cela était pour vous une trop grande gêne...

— Non, non ! s'empressa-t-elle de répondre ; et, dans une heure, je le ferai conduire chez vous.

— Alors, voici mon adresse, et je vais rentrer l'attendre...

En disant ces mots, il avait tiré un carnet pour lui donner sa carte, qu'elle prit d'une main tremblante. Puis, cet arrangement résolu, et comme ayant tout dit, il se leva pour se retirer.

Comme au début de cette froide scène, ils restèrent encore un moment embarrassés, n'osant presque se regarder.

Depuis deux ans qu'elle ne l'avait vu, Catherine le trouvait si changé, que son cœur se serrait. Grand, mince, avec la tournure dégagée d'un homme d'action énergique, le front large et intelligent; ses traits réguliers et empreints d'une certaine douceur mâle, semblaient avoir supporté de rudes souffrances. Bien qu'il n'eût pas trente ans, elle remarqua qu'il avait quelques cheveux gris.

— Alors, répéta-t-il comme pour secouer la gêne qui les glaçait tous deux, je vais attendre l'enfant.

— Oui, j'irai moi-même, chez ma mère, pour qu'on vous l'envoie sur-le-champ.

— Merci ! dit-il en s'inclinant.

Elle ne put lui répondre que par un signe de tête.

Il marcha alors vers la porte ; mais, près de sortir, comme elle le reconduisait, il s'arrêta, hésitant à parler.

— Ah ! je voulais vous dire aussi, ajouta-t-il enfin, puisque... nous nous sommes rencontrés... je serais très... contrarié, si, ayant la charge de l'enfant vous aviez à vous inquiéter... ou à souffrir peut-être, par suite de l'insuffisance de vos ressources... En ce cas, je pense que vous n'hésiteriez pas à vous adresser à moi.

— Je n'ai besoin de rien, balbutia-t-elle en courbant la tête.

— Alors... vous êtes heureuse, ici ?... reprit-il. Votre situation vous plaît ?..

— Oui, merci ! répondit-elle avec effort.

XXXVII

Victor Surville parti, Catherine tomba sur un divan atterrée, consternée, presque sans comprendre qu'il fût possible qu'une pareille chose arrivât.

Son mari de retour, la retrouvant avec un hôtel, des chevaux, étonnant le monde par un luxe fou... C'était à n'y pas croire... qu'allait-il penser?...

Qu'allait-il conclure, en apprenant que cette mistress Hogarth, chez qui sans doute il la supposait gouvernante, c'était elle-même?

Mais à quel titre alors était-elle là?... Comment expliquer même qu'elle pût y vivre avec son enfant? D'où cet argent, cette incroyable fortune?...

Ce fut un épouvantable écroulement de tous les sophismes qui lui cachaient le réel de cette « aventureuse destinée », sur laquelle elle avait réussi à s'abuser jusqu'alors comme une véritable folle, en se payant de faux-fuyants de consciences et d'illusions insensées.

A cette heure, le seul fait brutal se dressait dans sa crudité horrible, et, cette fois, avec une lucidité effrayante, elle comprit tout...

« Maîtresse de Cambrelu qui la payait, elle était fille entretenue !... »

A cet éclair de raison, un mouvement de désespoir la saisit... Ce fut comme une déroute de tous ses leurres. Un cri lamentable sortit de sa poitrine, elle n'eut plus qu'une pensée : quitter cette maison, se cacher n'importe où...

Si son mari allait revenir !...

Cinq minutes plus tard, Catherine était dans les Champs-Élysées fuyant, presque égarée. Elle prit un fiacre, pour courir chez sa mère chercher son enfant, qu'il lui fallait faire conduire chez son père.

A peine dans la voiture, elle fondit en larmes. Les regrets, la honte, les remords, cet amour enfin, toujours gardé au plus profond de son cœur, et qu'elle avait cru vainement étouffer dans l'étourdissement de sa vie folle, tout l'accablait à la fois !...

Le malheureux ! comme il avait souffert !

Elle le revoyait, dans cette scène étrange où ils venaient de se retrouver tous deux, après leurs deux années de séparation, tremblants, glacés, écrasés par le souvenir.

Dix fois, pendant qu'il lui parlait, devinant l'émotion dans sa voix, dans sa parole hésitante, elle avait eu l'envie de tomber à ses pieds, d'embrasser ses genoux.

Eh quoi, était-ce tout ? Était-ce donc fini ?

Il l'avait dit, il allait repartir. Elle ne le reverrait plus.

Si elle osait pourtant essayer de le revoir ?...

Mais, à cette pensée, le rappel lancinant de ce qu'elle était devenue la terrifia.

Quoi ! tombée si bas, songer encore à implorer un pardon ?.. Quand, à ce moment, peut-être, par quelque hasard fatal il savait déjà tout !..

Comme la plupart des femmes qui, presque toutes, s'abusent et se leurrent si aisément sur leurs fautes, jusqu'à ce que le coup de foudre les réveille, et que l'évidence du danger leur crève les yeux, Catherine se débattait épouvantée devant la vision nette et brutale des choses. Perdue dans son inconscience, elle n'avait rien prévu d'un retour de son mari, la retrouvant au comble de cette scandaleuse fortune, et forcé de regarder dans sa vie...

Mon Dieu! si seulement il était revenu trois mois plus tôt!

Alors, il lui souvint de ce temps passé chez les Lorrain, de ce temps où elle était si fière de sa vie d'honnête femme.

Elle se rappela que, plusieurs fois, Antoinette lui avait parlé de son mari... qu'ils avaient instruit sans doute de sa conduite, de sa misère, de ses efforts, pour rester digne de lui, en élevant son enfant...

Qui sait?... ils étaient informés peut-être de son retour prochain!...

Malheureuse!... Elle n'avait rien compris!...

A peine sauvée de la plus ignoble chute, relevée, soutenue, protégée, dans l'entraînement de son incroyable démence, elle avait tout détruit. Acharnée à sa perte, aveugle, encore plus que faible, se laissant prendre, comme toujours, par ce désœuvrement d'esprit qui la livrait inconsciente à la moindre fantaisie qui traversait son imagination de folle... Elle en était venue là.

Trois mois !... Trois mois lui avaient suffi, pour accomplir un pareil désastre !...

Et qu'allait-elle faire maintenant?...

Sous les yeux de son mari, rester dans ce train de luxe, maîtresse de Cambrelu?...

Mais il allait tout apprendre de *la Buveuse de perles!*... et de cette notoriété infamante dont elle l'éclaboussait!...

Sous l'éclat de cette honte et de ce scandale sur son nom déjà presque célèbre, répandu dans un monde où il marquait, pouvait-il même demeurer à Paris, exposé à la rencontrer sur ses pas, exerçant ce métier de fille?...

Mais, à moins d'être le lâche que certes il n'était guère, il allait la tuer comme une créature infâme !...

Quoi! abusé sans doute par les lettres de Lorrain, la croyant dans une humble condition, courageusement acceptée pour gagner sa vie, il était venu dans cet hôtel...

Et elle ne lui avait pas crié: « Va-t'en ! va-t'en !...»

Et son fils, dont il venait s'informer, pouvait-il même le lui laisser?... Ce pauvre enfant qui

17.

mangeait ce pain souillé, qu'elle osait faire vivre auprès de l'homme qui la payait !..

C'était horrible, et elle n'y avait jamais songé... son cœur se souleva de dégoût contre elle-même.

Mais, à cette heure, comment mentir, comment tromper ?

Tout à coup, une autre épouvante la saisit, comme elle arrivait rue de Lancry.

Au moment de tenir la promesse qu'elle avait faite d'envoyer l'enfant chez son père, cette pensée lui vint que la domestique, ou son fils même, allaient parler...

Il était impossible que Surville ne fît pas mille questions à l'enfant sur la vie qu'il menait, sur ses jeux, sur les soins ou les tendresses dont il devait être l'objet...

Le pauvre petit, lui-même, allait tout révéler, tout trahir.

Ce dernier coup l'anéantit. De réflexion en réflexion, au milieu des éclairs de raison qui traversaient les ténèbres où elle se voyait engloutie, lui montrant à chaque pas quelque effondrement plus horrible, arrivée à ce simple fait, auquel devait fatalement aboutir son esprit en délire, un froid mortel lui glaça le cœur.

Elle se représenta ce malheureux, palpitant de la triste joie de revoir enfin son fils et le couvrant de baisers... Puis l'enfant, en son babil, lui disant tout...

Elle tressaillit au plus profond de son être... Une souleur de désespoir l'accabla.

Acculée à ce péril, cette fois impossible à conjurer, prise alors d'un accès de terreur, elle ne vit plus de salut pour elle que dans la fuite. Prendre son enfant, courir à son hôtel, ramasser ce qu'elle avait d'argent, et disparaître le soir même, en se sauvant assez loin pour que son mari ne pût retrouver sa trace.

Mais il était imprudent d'avertir même sa mère.

Arrivée chez les Bonnard, sans dire un mot de l'événement de ce retour qui eût soulevé d'interminables discussions, et peut-être entravé ses projets, elle prétexta des courses à faire qui ne lui permettaient d'entrer que pour reprendre la bonne et son fils ; puis, elle repartit aussitôt, donnant au cocher son adresse de la rue Jean-Goujon.

XXXVIII

Cependant, une fois dans la voiture, à mesure que ses idées se faisaient plus lucides, pour l'exécution de cette fuite résolue, la pensée que son mari attendait son fils, lui revint à l'esprit.

Si, maintenant, ne le voyant pas venir, il allait s'inquiéter, prendre peur, ou croire à quelque accident ?

S'il allait retourner chez elle, interroger, s'informer près des gens... la surprendre avant son départ...

Mais elle songea bientôt que cette dernière crainte était vaine. En supposant même qu'il n'attendît chez lui qu'une heure, cette heure, pour elle, était plus que suffisante. Elle n'avait qu'à s'arrêter à la porte de son hôtel, y entrer et en ressortir à l'instant.

Seulement, ici, se dressa devant elle une autre pensée terrifiante... Mais, demain, que va-t-il advenir ?...

Sa disparition brusque n'aura-t-elle pas précisément pour effet d'amener cet éclat, cette découverte qu'elle redoutait ?...

Ne saura-t-il pas tout, en retournant chez elle ?... Ne cherchera-t-il pas son enfant, enlevé, ravi par elle ?...

Où allait-elle s'enfuir, se cacher... ?

Et puis ensuite ?...

Elle s'aperçut soudain que, après toutes les réflexions de son esprit de folle, ne songeant qu'à cette fuite qui la sauvait pour un jour, elle en arrivait tout à coup face à face avec un danger plus horrible...

Pouvait-elle donc s'imaginer qu'on ne la retrouverait pas ?...

Elle se vit, alors, plus indigne et plus méprisable encore, n'ayant obtenu pour résultat que d'ajouter à toutes ses misérables fautes cette action lâche d'avoir tenté de voler son enfant, à ce malheureux qui avait déjà tant souffert par elle... Et elle traînait à cette heure son nom dans la boue !...

Il est des gouffres dont on ne comprend l'horreur que lorsqu'on gît au fond. Catherine se débattait saisie de vertige sous l'implacable châtiment qui planait toujours sur sa tête. De quelque côté qu'elle essayât d'y échapper, elle se heurtait éperdue à quelque plus grand désastre...

A bout de raison, de calculs, de projets fous, épouvantée de voir que rien ne pouvait plus la sauver, elle regarda son enfant assis près d'elle ; puis, pour dernière résolution, se condamnant sans pitié, et comprenant que tout était fini pour elle, elle décida de se tuer.

Une fois cette nouvelle détermination fixée dans son esprit, il sembla à Catherine qu'elle était délivrée d'une obsession.

Expier d'un seul coup n'était-ce pas du moins se montrer encore digne d'un pardon, et se relever d'une façon éclatante à tous les yeux ?...

Cette fin dénouait si bien tout, qu'elle s'étonna de n'y avoir pas songé plus tôt.

Alors, changeant subitement les indignes projets qu'elle avait arrêtés, elle n'eut plus que la pensée d'agir noblement dans l'exécution de ce qu'il lui restait à accomplir.

Avant de mourir, il lui fallait rendre son enfant à son mari, le laisser en ses mains ; après quoi, elle irait à son logement d'Auteuil et, de là, écrirait à sa mère...

On la retrouverait morte le lendemain.

Elle donna aussitôt l'ordre au cocher d'aller avenue de Villiers, à l'adresse de Victor Surville.

— Tiens, nous n'allons pas chez nous, maman? dit l'enfant.

— Non, mon chéri ! répondit-elle en essayant d'assurer sa voix; mais tu vas être bien content, je te mène voir ton père, qui est revenu.

— Ah !... pourquoi donc ne vient-il pas demeurer avec nous ?...

Et il se mit à questionner avec cette insistance des enfants. Le pauvre petit ne pouvait avoir aucun souvenir de son père. Quand il apprit qu'il allait rester là, sans elle, il voulut à toute force qu'elle ne le quittât pas. La malheureuse ne savait que répondre pour détourner ces interrogations pressantes.

A la fin, il lui vint cette idée étrange de lui céder.

Qu'avait-elle à craindre, après tout, en ame-
nant son enfant elle-même ?... N'était-ce pas, au
contraire, le moyen le plus sûr d'empêcher toute
révélation jusqu'à l'heure où, du moins, sa mort
appellerait sur elle la pitié. Elle présente, la
domestique ne parlerait pas... Qui sait même,
Surville repartant le lendemain, si elle ne réus-
sirait pas à lui cacher pour jamais son terrible
secret ?...

Au fond de son cœur agité, la pensée de
revoir encore une fois son mari la tenait comme
une obsession. Il y avait dans cette joie amère
une sorte de consolation suprême. Elle se disait
qu'après ce triste bonheur, le dernier pour elle,
elle aurait plus de courage pour la fin.

En ce désordre de sa raison qui lui échappait, ne sachant plus où se prendre, du milieu
de sa détresse, Catherine s'abandonna... Lasse
de luttes, il lui venait déjà des imaginations
folles... Elle se jetait à ses genoux, lui jurait de
reprendre une vie honnête... Il lui pardonnait...

XXXIX

Elle arriva avenue de Villiers. C'était une de ces hautes maisons neuves de style sérieux, où le luxe de bon goût s'allie au confortable moderne.

Le concierge ayant indiqué le second étage, lorsque Catherine se trouva devant la porte et qu'elle eut fait sonner le timbre, il lui sembla qu'elle recevait au cœur un coup mortel. Elle crut qu'elle allait tomber.

En entendant des pas pressés, elle songea à s'enfuir ; mais, au même instant, la porte s'ouvrit, et son mari était sur le seuil.

En l'apercevant, Surville eut un mouvement de surprise tout aussitôt réprimé. Puis, s'inclinant sans dire un mot, il la fit entrer. Elle le suivit, tenant l'enfant par la main, à travers un petit salon où la domestique resta, et elle pénétra enfin dans une grande pièce arrangée en cabinet de travail.

— J'habite, pour ces deux jours, chez un ami absent, dit-il, comme elle regardait autour d'elle.

Il avait enlevé son fils dans ses bras et le couvrait de baisers... Catherine accablée d'émotion se tenait debout, sans oser s'approcher.

— J'ai voulu vous l'amener moi-même, balbutia-t-elle enfin d'une voix à peine intelligible ; pardonnez-moi si..

— Mon Dieu ! comme vous êtes pâle ! s'écria Surville.

— Ce n'est rien ! Je suis un peu souffrante... répondit-elle.

Comme chez elle, quelques heures auparavant, le même embarras pesait sur eux ; mais, cette fois, l'enfant faisait diversion.

— Embrasse ton papa qui est revenu, reprit-elle, pour dire quelque chose.

Surville prit sur ses genoux le pauvre petit, qui le regardait d'un air un peu étonné, mais qui s'apprivoisa bientôt sous les caresses que son père lui prodiguait en le questionnant.

Catherine les regardait, sentant son cœur se serrer.

— Tu vas venir demeurer avec nous, n'est-ce pas? dit l'enfant à son père au bout d'un instant.

— Non, mon pauvre chéri, je ne peux pas, parce que je repars ; mais, plus tard, tu viendras ici tous les jours, si ta maman peut t'envoyer, répondit Surville.

Catherine répondit par une promesse, et, grâce à ce sujet d'entretien, à l'abri duquel ils pouvaient se parler, peu à peu se dissipa la gêne qui les étreignait.

Ce lien commun de leur fils entre eux était propice à des questions timides d'abord sur eux-mêmes.

Il osa s'informer de la position de Catherine.

— Êtes-vous heureuse au moins, dans cette famille où vous êtes? lui demanda-t-il enfin.

Rassurée par cette interrogation qui témoignait définitivement de l'ignorance complète de ce qu'elle était devenue, elle s'enhardit, certaine au moins de ce dernier moment, pendant lequel elle pouvait encore garder la triste joie de n'être pas maudite.

Elle répondit en éludant de façon à ne rien trahir.

— Et vous ?... se hasarda-t-elle à demander, pour détourner le danger des explications trop précises devant l'enfant.

— Moi, je suis venu en Europe pour un mois, dit-il.

— Vous repartez ?...

— Oui, demain, pour Londres. C'est là surtout le but de mon voyage.

— Ah !

— J'ai de très grandes affaires là-bas, qui réclament ma présence, et je ne puis guère rester longtemps éloigné, répondit-il d'un ton de regret.

Il se fit un nouveau silence. Catherine venait de songer tout à coup que, durant ce séjour si limité, il serait peut-être encore possible de sauver à son mari cette horrible découverte qu'elle risquait de brusquer par sa mort.

Avec son inconcevable faiblesse de raison, qui la portait toujours aux extrêmes, elle entrevit presque un moyen de salut.

Justement, l'avant-veille, son parrain avait soulevé le projet d'un voyage à Nice... Elle pouvait s'éloigner, disparaître, en ayant l'air de subir les exigences de la situation à laquelle elle était attachée.

L'hôtel fermé, averti d'un départ, Surville ne s'y présenterait plus...

— En ce cas, vous êtes tout à fait fixé en Amérique ?... reprit-elle anxieuse, en suivant sa réflexion.

— Oh! oui ... Et il est même probable que je n'en reviendrai que dans une douzaine d'années !...

N'osant trop l'interroger, elle se prépara aussitôt, à tout hasard, un prétexte d'absence de Paris à très courte échéance... *pour suivre mistress Hogarth...*

Qu'avait-elle à craindre en recourant à ce dernier mensonge?... N'était-elle pas déjà perdue?...

— Ah! dit-il. Et vous partiriez aussi bientôt?...

— Dans deux ou trois jours, peut-être, répondit-elle en rougissant.

Il demeura un instant pensif. Puis, montrant l'enfant resté sur ses genoux :

— J'avais pensé garder l'enfant à dîner avec moi, reprit-il.

Catherine n'avait pas prévu ce très naturel désir. La peur la ressaisit...

Surville s'aperçut qu'elle hésitait à répondre.

— Il y a sans doute là une gêne pour vous, dit-il.

— Oui, c'est vrai, je n'avais pas pensé...

— Mais, ajouta-t-il en hésitant, puisque vous êtes venue..., si vous êtes libre, vous pourriez rester avec lui pour le remmener.

— Oh! oui, maman, s'écria l'enfant, dînons ici !

Catherine eut un battement de cœur. Passer cette dernière soirée ainsi, retrouver une ombre de son bonheur détruit!...

Elle accepta.

Un quart d'heure après, une table était apportée toute servie. Assise en face de son mari, l'enfant entre elle et lui, il semblait à Catherine qu'elle faisait un étrange rêve et que le passé n'existait plus. L'enfant joyeux dissipait, par son babil et ses rires, la froide gêne qui les oppressait tous deux, et les forçait à se joindre à ses ravissements leur créant des obligations continues de se parler, de se répondre presque familièrement. Plusieurs fois même, sans y prendre garde, Surville s'était oublié à dire *toi* à Catherine : il se reprenait aussitôt ; mais il en restait un trouble entre eux qui les rapprochait, malgré leurs affectations de réserve.

Au dessert, le domestique ayant été renvoyé, sans s'en apercevoir, Catherine, revenant d'instinct aux habitudes d'un autre temps, servit l'enfant et son mari, et ce ne fut qu'au bout d'un instant qu'elle eut conscience de ce qu'elle faisait.

Et alors, tout à coup, comme elle tendait une assiette de fruits, sa main devint si tremblante, qu'elle s'arrêta, et, rencontrant le regard de Surville sur le sien, ses yeux se noyèrent si subitement d'un flot amer, que deux grosses larmes coulèrent sur ses joues.

— Tu pleures, maman ! s'écria l'enfant se précipitant sur elle.

— Non, non, mon chéri, répondit-elle vivement en le serrant dans ses bras. Ce n'est rien, ce n'est rien !

Cet incident imprévu ayant ramené soudain la tristesse et l'embarras de leur situation, Surville et Catherine restèrent encore une fois silencieux ; mais, hélas ! le silence même n'accusait que plus inexorablement l'agitation de

leurs pensées, et il en arrivait que ni l'un ni
l'autre n'essayaient plus de le rompre.

Pour comble de gêne, l'enfant, une fois consolé
sur les genoux de sa mère, pris de fatigue et de
sommeil, ne leur apportait même plus cette diversion qui les avait aidés jusqu'alors, et le moment venait de se quitter...

A la fin, Surville, faisant un effort pour secouer l'oppression si lourde qui planait sur cette
étrange scène de leur vie brisée, osa reprendre
la parole :

— Le pauvre petit s'endort, dit-il, il faudrait
le rentrer.

Catherine eut un tressaillement brusque, mais,
le réprimant aussitôt :

— Oui, vous avez raison, répondit-elle doucement. Il se couche moins tard ordinairement...

Accablée par son émotion, elle fit un grand
soupir :

— Eh bien, je vais m'en aller, reprit-elle en
essayant en vain d'affermir sa voix.

— Mais je ne vous renvoie pas, Catherine ! se
hâta-t-il d'ajouter. Je voulais dire, sa bonne
étant là, qu'elle pourrait le remmener. Si vous
n'étiez pas forcée de rentrer vous-même... Puis-

que vous voilà, nous causerions de ce que vous auriez peut-être à me demander pour lui.

— Vous voulez bien que je reste encore? dit-elle avec un regard si ému et si résigné, qu'il éprouva une sorte de pitié, à ce mot plein d'une humilité navrante.

— Je pense qu'il vaudrait mieux régler entre nous les choses de l'avenir, répondit-il en détournant les yeux.

L'enfant remis dans les bras de la bonne qui partit, ils restèrent seuls.

18

XL

Les premiers instants du tête-à-tête furent
d'abord si poignants, que, de nouveau, ni Surville ni Catherine ne semblèrent savoir que
dire.

Elle, affaissée sur un divan, dans une attitude qui trahissait son agitation profonde; lui,
debout, n'osant entamer cet entretien offert par
lui.

Il parut s'armer de courage, et, prenant un siège,
il s'assit.

— Je ne voudrais pas froisser votre susceptibilité, Catherine, dit-il enfin, et, si Lorrain avait
été à Paris, des arrangements auraient été bien
plus faciles entre nous... Voulez-vous me répondre
en toute franchise?...

— Oh! je vous le promets!

— Eh bien, je vous avoue que, en arrivant
ici, j'ignorais absolument qu'un changement était
survenu dans vos conditions d'existence... Non
pas que je songe à vous adresser un reproche
d'avoir accepté les moyens de vivre où vous les
trouviez, puisque vous étiez réduite à ne pouvoir
sans doute pas faire autrement. Je comprends
enfin que, ne pouvant, chez cette madame Hogarth, garder avec vous notre enfant, vous vous
soyez vue forcée de le remettre aux soins de
votre mère.

— Mon Dieu! murmura Catherine accablée et
n'osant répondre.

— Encore une fois, ne prenez pas cela pour
un reproche! ajouta-t-il vivement, Je ne songe
ici qu'à vous plaindre... Seulement, pardonnez-
moi de vous le dire, vous savez que... votre mère
et son mari ne sont guère les guides qu'il faudrait...

— Oh! il ne restera pas avec eux, je vous le
jure! dit-elle en joignant les mains.

— Bien, reprit Surville ; mais encore faut-il
que vous puissiez subvenir au nécessaire, pour
que vous l'éleviez vous-même... C'est pourquoi...

j'ai désiré cette explication... afin de vous dire
que je compte vous aider, de façon que ni
lui, ni vous, vous n'ayez rien à craindre de la
gêne, et que vous soyez assez libre de votre temps,
pour n'être pas privée de l'avoir près de vous...
C'est mon devoir, d'ailleurs, de régler notre séparation, en assurant votre vie à tous deux...

Tandis qu'il parlait, Catherine le regardait,
remuée jusqu'au fond de l'âme.

— Mon Dieu! répéta-t-elle suivant sa propre
pensée, que vous êtes bon!.. et comme je vous
ai fait souffrir!...

— Tout cela est passé, reprit-il avec un soupir. Ce qu'il faut maintenant, entre nous...
c'est de l'oubli, des deux parts...

Depuis qu'elle était là, Catherine avait été dix
fois sur le point de demander grâce et pardon...
A ce mot généreux, elle se sentit si déchue,
qu'elle n'osa lui répondre.

— Quant à l'avenir, ajouta-t-il presque aussitôt, comme pour ne point laisser s'appesantir
les tristes rappels, il nous sera facile du moins
de l'alléger, pour vous et pour notre fils. En
partant pour l'Amérique, mes ressources étant
fort limitées, je n'avais à disposer que du tiers

de ce que j'allais gagner ; ce qui était, je le sais, bien peu, quand je vous laissais la charge de notre enfant... Mais, aujourd'hui, les choses ont changé. Je considère comme mon devoir, je vous le répète, d'assurer votre vie. Et c'est aussi mon droit, puisque vous portez mon nom. Je souffrirais à l'idée de vous savoir dans une condition, si honorable qu'elle soit, dont la dépendance n'est pas faite pour vous. Et, laissez-moi le dire aussi, j'en serais un peu humilié pour moi-même et pour mon fils... Cela doit vous paraître juste, n'est-ce pas?...

Catherine baissait la tête, muette, atterrée.

Voyant qu'elle ne répondait pas :

— Enfin, reprit Surville d'une voix un peu tremblante, ma position me permet aujourd'hui de vous venir complètement en aide, sans que vous soyez plus jamais contrainte de recourir à vos leçons... Vous comprenez donc qu'il nous est nécessaire de fixer ce qu'il vous faut... Notre ami Lorrain, alors, serait chargé de mes instructions.

A ce langage si simple et qui lui allait droit au cœur comme une lame acérée, Catherine, éperdue, sans force à la fin contre le déchirement

18.

de son âme, éclata tout à coup en sanglots, et, se précipitant à genoux :

— Ah ! pardon, pardon ! cria-t-elle en saisissant les mains de son mari, qu'elle baigna de ses larmes.

Cette explosion longtemps contenue amenait Catherine au paroxysme de sa douleur. La honte de ce mensonge, le remords, le désespoir, l'écrasaient à la fin. Elle ne pouvait plus se taire. Elle voulait tout dire...

Surville, en la voyant à ses pieds, eut une sorte de mouvement de pitié.

— Catherine... dit-il, essayant doucement de la relever.

Elle se débattait.

— Non, non !... Laisse-moi là ! reprit-elle presque en délire. Ne me parle plus. C'est trop, c'est trop ! Je suis une misérable !... Une infâme ! Je ne mérite pas ta pitié !... Tiens, tue-moi ! Tue-moi ! Ah ! si tu savais !...

A ce mot, il eut comme une explosion trop longtemps contenue :

— Mais je sais tout, malheureuse enfant !... s'écria-t-il, la prenant à son tour par les deux mains pour la forcer de l'entendre. Oui, tout !..

Ton courage, ta constance et ta résignation dans la misère, et tes efforts et ton travail pour élever notre enfant !...

— Que dis-tu ? s'écria-t-elle.

— Mais tu ne comprends donc pas que je t'aime toujours ?... que je ne suis revenu que pour te pardonner si tu m'aimais encore !... Pour te reprendre, t'emmener ?

— Mon Dieu ! murmura-t-elle affolée par ces mots effrayants.

— Quoi ! tu n'as pas compris, poursuivit-il, éperdu comme elle, que j'ai tout su par Lorrain ?... Ta vie de souffrances, de privations, de luttes et de regrets !... Tu n'as donc pas senti que, là-bas, tout seul, je souffrais comme toi, te pleurant...

— Ah ! mon Dieu !... répétait Catherine. Et tu me demandes si je t'aime !...

— Non ! non !.. je ne te le demande plus !.. Ma chère femme regrettée, adorée !... reprit-il avec un indicible accent de tendresse. Et tu veux que je te tue ?... Mais c'est moi que j'aurais tué, si, en te retrouvant, pauvre folle, je n'avais pas compris, moi, du premier regard, que Lorrain m'avait dit vrai, et que tu m'aimais toujours!... Voyons, dis à ton tour, me suis-je trompé?

— Oh! non, non!... Cela, je te le jure, s'écria-t-elle en se jetant désespérément dans ses bras, je t'aime, je t'aime!

Elle avait peur maintenant pour lui.

— Oui, je te crois, va! reprit-il, la tenant toujours à genoux, la tête pressée contre sa poitrine, comme un enfant que l'on console.

— Allons, c'est fini! Ne pleure plus!... je t'aime! je t'aime! je t'aime! ajouta-t-il, marquant chacun de ces mots par des baisers sur son front, sur ses yeux, sur ses lèvres...

Catherine s'abandonnait, l'esprit perdu comme dans un accès de vertige qui lui faisait tout oublier. Elle ne voyait plus que lui... Ce malheureux abusé, revenant pour lui tendre la main!... et qui lui parlait de se tuer!...

A bout de force et d'émotions, le passé avait disparu. Elle ne songeait plus à se débattre. Qu'importaient le lendemain, l'avenir, sa vie ou sa mort à elle, en ce moment de flammes, de transports et de tendresses affolées?

— Ah! laisse-moi là, à tes pieds, dit-elle, lorsque, ayant essuyé ses larmes, il eut desserré son étreinte. Laisse-moi, que je te regarde, que je remplisse mon cœur.. C'est toi!... c'est toi, mon Dieu!... Tu es revenu!

— Et nous ne nous quitterons plus, n'est-ce pas? ajouta-t-il en souriant. Tu me restes... Je ne te rends plus à ta madame Hogarth. Tu iras demain lui faire tes adieux... Et nous partons pour l'Angleterre!

— Oh! oui, emmène-moi! s'écria-t-elle entrevoyant déjà le salut, plus encore pour lui que pour elle.

XLI

Ces péripéties étranges s'étaient précipitées d'une façon si foudroyante pour Catherine, l'emportant comme dans un tourbillon de tempête, sans réflexions, sans pensées, sans raison, qu'elle se réveilla le lendemain chez son mari, sans presque avoir eu conscience d'elle-même ; le fait annulant tout, remords, scrupules, terreurs, projets sinistres, invocations à la pitié...

L'entraînement insurmontable de la passion, plus fort que sa volonté, avait amené ce dénouement inouï. Tombée, déchue, souillée, craignant de le tuer par cette horrible révélation qui lui était montée aux lèvres, impuissante enfin contre son propre cœur, elle se retrouvait là, près de lui, leur séparation annulée.

Avec son inconscience et son absence de sens moral, la première pensée qui lui vint fut tout à ce bonheur effrayant.

Comme elle allait l'aimer, se dévouer à sa vie !

Avec quelle joie elle allait le suivre, le soutenir dans sa lutte... dût-elle avec lui travailler de ses mains !...

La nature de la femme a de singulières facultés d'oubli, et la pauvre Catherine était sincère. Se reprenant naïvement à ces jours passés près des Lorrain, dont le témoignage avait ramené Surville ; effaçant d'un seul coup ces erreurs de folle, accomplies depuis lors, et maintenant réprouvées par sa conversion sincère, avec cette inconséquence qui était le fond de son caractère elle ne songeait plus qu'à se rendre digne, en épouse austère, de cette réconciliation inespérée.

Mais il fallait, avant tout, préserver son mari de la fatale découverte de l'horrible situation qu'il ignorait.

Il était peut-être possible à cette heure d'ensevelir à tout jamais sa triste faute. Ils allaient partir pour Londres.

Une fois là, elle saurait l'empêcher de revenir
à Paris...

Après le déjeuner qui fut pour eux comme
une ivresse, ils arrangèrent leurs projets.

— Veux-tu que je t'accompagne chez madame
Hogarth, pour t'aider à ce dégagement si brusque?... lui dit-il gaiement.

— Non, je préfère aller seule, répondit-elle,
ne pouvant s'empêcher de rougir.

— Eh bien, prends une voiture, et cours !...
Je t'attends, je t'attends, je t'attends ! ajouta-t-il
en la couvrant encore de baisers par-dessus son
voile.

Catherine avait déjà tout combiné. Il fallait
paraître contrainte à cette démarche nécessaire,
grâce à laquelle elle confirmait son mari dans
une méprise qui l'avait sauvée.

Pour ne point remettre le pied rue Jean-Goujon,
elle se rendit bien vite à Auteuil. Son parrain
seul pouvait l'aider, la conseiller... Il fallait
surtout qu'il allât reprendre son enfant...

Par bonheur, elle le trouva encore, comme
il allait partir, agité d'un très grand émoi.

— Comment! c'est toi ! s'écria-t-il en l'apercevant. Ah çà ! mais que se passe-t-il?... Chau-

vin sort d'ici, toute ta maison est en révolution...
Tu n'y as pas reparu depuis hier...

— Mon mari est revenu!... répondit-elle au
premier mot.

Le vicomte fit un geste de stupeur, et, laissant
tomber ses bras d'un air accablé :

— Patatras!... dit-il, il ne manquait plus
que cela!

Catherine lui eut bientôt tout raconté. En
apprenant la réconciliation si imprévue des époux,
il eut encore un plus grand effarement.

— En voilà bien d'une autre! reprit-il. Et tu
es sûre qu'il ne sait rien?...

— Rien! répliqua-t-elle.

— Eh bien, ma fille, tu as une fière chance!..
Et, en tout cas, c'est raide!... Alors, qu'est-ce
que tu vas faire?

— Nous partons pour Londres à deux heures.
Maintenant, je vous en prie, sauvez-moi, sauvez-
le!... Il se tuerait s'il apprenait tout!

A l'attitude consternée du vicomte, il eût été
difficile de conjecturer s'il se réjouissait ou se
désolait d'une aussi étonnante nouvelle.

A son tour, il apprit à Catherine ce qui s'était
passé à son hôtel. Par un heureux hasard, la bonne

19

qui avait ramené l'enfant, connaissant peu Paris,
n'avait jamais pu se rappeler le nom de l'avenue
de Villiers, ni rien su dire de la maison où elle
avait laissé sa maîtresse. D'où était résultée l'impossibilité de toute recherche... Rien n'étant à
craindre de ce côté, il était donc possible que
Catherine disparût tout à coup, sans laisser de
traces.

Quel que fût le sentiment du vicomte sur ce
qui pouvait s'ensuivre d'une aussi scabreuse
aventure, et bien qu'il comprît qu'il perdait à
cette affaire ce dernier regain de grande vie qui
reflorissait ses vieux ans, il aimait trop au fond
sa filleule pour ne point faire transiger son
égoïsme avec ses principes de gentilhomme : il
prit galamment son parti.

— Que le bon Dieu te bénisse ! Voilà qu'il faut
maintenant que je t'escamote comme une mus-
cade. Comme c'est commode ! Enfin, l'important
d'abord, c'est que tu partes avec ton mari, sans
qu'il puisse faire quelque mauvaise rencontre qui
le renseigne. Tu vas le rejoindre tout de suite
et ne pas le quitter... Moi, dans une heure, je
t'amènerai l'enfant... que je vais aller reprendre
là-bas. Je couvrirai l'affaire pour laisser croire

à tes gens que tu rentreras dîner ce soir...
Quant à toi, avec Victor : attention à ta langue,
pas un mot, pas d'histoires, ne cherche pas surtout à vouloir rien expliquer, tu te vendrais !...
Dis seulement que mistress Hogarth a été très
bonne pour toi, que tu lui as tout confié et
qu'elle a pris part au bonheur qui t'arrive... Est-
ce bien compris ?

— Oui ! répondit Catherine.

— Bon !.. là-dessus, je surviendrai... Je connais
mistress Hogarth, c'est moi qui t'ai placée chez
elle... Attention encore de me laisser parler, de
dire en tout comme moi, aussi pour les Lorrain...

— Oui, oui, je vous le promets ! s'écria Catherine. Ah ! je savais bien que vous me sauveriez !

— Heu ! heu ! reprit le vicomte, tout ça veut
encore du tirage et dépend de ta tenue. L'important, sache-le bien, puisque les choses en sont là,
c'est que tu t'arranges de façon à ne pas revenir
à Paris, et de partir de Londres pour l'Amérique
au plus tôt... — T'a-t-il dit combien de temps
lui prendra son affaire ?.. demanda-t-il par
surcroît.

— Huit jours au plus !

— Alors, cela peut marcher !... Pendant ce temps-là, moi, je guetterai les Lorrain, qui reviennent cette semaine. Car c'est d'eux que ton mari pourrait tout apprendre. Je les verrai aussitôt qu'ils arriveront... Je leur dirai toute l'affaire, et, devant le fait de votre réconciliation accomplie, ils comprendront la nécessité de ne jamais souffler mot de tes frasques. D'autre part, pas un mot à ta mère... Pars sans qu'elle se doute de rien... Je me charge de lui annoncer moi-même que tu t'es fait enlever par ton mari... Ça sera drôle !

— Oh ! mon bon parrain ! exclama Catherine se reprenant tout à coup à l'espoir, quel bonheur je vous devrai ! Et qu'aurais-je fait sans vous ?

— Oui, oui, tu me cajoles, en me plantant là !.. Enfin, ma fille, si tu t'en tires, tâche cette fois de ne plus gâcher !... Car il ne faut pas te le dissimuler, vois-tu... pour le pauvre Victor, c'est raide !... — Ah ! à propos, reprit-il pensant à tout, il te faut un bagage ! J'ai la clef de ton logement d'ici... Cours, en passant, prendre les vieilles nippes d'autrefois que tu y as laissées, pour toi et pour le petit.

XLII

Moins d'une heure après son départ, Catherine, complètement délivrée de toutes ses angoisses, revenait *chez son mari*, rapportant sa pauvre défroque de maîtresse de piano.

— Ah ! te voilà !... s'écria Surville, je ne vivais déjà plus !

— Oui, me voilà !... répondit-elle en se jetant dans ses bras. J'ai tout fini, je suis libre, toute à toi, toute à toi !... Ah ! que je t'aime !

— Eh bien, tu pleures ?...

— Oui, oui, c'est de bonheur, c'est de joie !.. Mais, toi aussi, te voilà des larmes...

— Ma foi, chère ange, mêlons-les ! exclama-t-il en resserrant leur étreinte.

Et les pleurs se tarirent aussitôt, dans un de ces

éclats de rire ineffables comme en ont seuls les amants.

— Mais, et monsieur notre fils ?... reprit-il au bout d'un instant.

— Mon parrain s'est chargé de l'amener... Il va venir.

— Bon !

Quelques minutes plus tard, le vicomte, branlant sur ses jambes, arrivait avec l'enfant.

Bien que connaissant à fond les légèretés de ce viveur, en somme pas plus mauvais qu'un autre, Surville l'avait vu souvent pendant son temps de ménage, l'accueillant volontiers pour son esprit original.

A cette heure, toute de cœur et d'effusion, il fut naturellement le bienvenu, comme un rappel des jours si longtemps regrettés.

Plus remué qu'il ne l'eût voulu peut-être, le vieux roué joua carrément son rôle. Victor était trop heureux, pour ne point abonder de confiance dans toutes les réelles habiletés dont il ne pouvait suspecter la fourbe.

De son air le plus dégagé, tout en fêtant gaiement cette réconciliation charmante « qu'il avait d'ailleurs, disait il, toujours prévue », le parrain

plaça incidemment les regrets de son amie, mistress Hogarth, « inconsolable de perdre Catherine,
qu'elle aimait déjà en vérité comme une sœur ».
Il parla avec aplomb des amis Lorrain..., « qu'il
allait surprendre à leur retour, en leur racontant
cette grande nouvelle d'un bonheur qui, en définitive, était certainement leur œuvre... »

— Oh! oui, oui ! s'écria naïvement Catherine,
onbliant tout, et saisissant la main de son
mari.

On se réjouit en famille; après quoi, on se dis-
posa à partir par l'express de deux heures.

Le vicomte voulut les accompagner au chemin de fer.

Au moment où Victor Surville prenait les
tickets, et courait faire inscrire leurs bagages,
Catherine, qui marchait comme dans un songe,
était restée seule avec son parrain.

— Vite, lui dit-il, un dernier mot ! Te voilà
en route, il n'y a plus rien à craindre... J'ai
tout arrangé là-bas pour un jour, en disant que
tu es restée, hier, près d'une amie mourante...
et que tu rentreras ce soir... La craque est
simplette ; mais, pour l'instant, c'est tout ce
qu'il faut. Demain, tu auras disparu, évanouie

dans l'air... Personne au monde ne saura où
tu es... pas même les Lorrain, dont je me
charge. Quant à ta mère, pour prévenir ses
sottises, je vais lui raconter tout simplement,
sans plus, qu'elle aura de tes nouvelles par moi...
Garde-toi donc de lui écrire ! Elle ne doit découvrir le pot aux roses que lorsque tu seras
en Amérique. Je lui composerai un bouquet
de cette heureuse escapade... D'ici là, du
reste, comme je me trouve un peu en fonds,
j'irai peut-être te dire adieu à Londres. Là-
dessus, ma pauvre linotte, comme dit Victor,
attention à ne plus démolir !...

— Oh ! cette fois !... répondit-elle !

— Bah ! cette fois comme les autres !... Tu
n'as pas de tête, ma fille, et ta diable d'imagination t'emporte. Il y a beaucoup de femmes
comme ça... Tu es le type de l'inconscience,
voilà tout... C'est plus commode pour faire tout
ce qu'on veut... seulement, il arrive toujours un
moment où ça se paye... Maintenant, surtout,
tiens ta langue... Pas d'histoires...

— Je vous le promets !... dit-elle en l'em-
brassant.

Surville revenait.

Une fois en chemin de fer, Catherine respira, comme échappée au principal danger.

Afin de voyager seuls, elle et lui, avec l'enfant, Victor avait retenu un coupé.

Ce voyage était un enchantement.

Après une séparation de deux années si pleines de désespoir, tout était bonheur et joie pour eux; ils se regardaient, s'écoutaient, retrouvant l'un chez l'autre quelque rappel effacé, un tour de phrase, une inflexion, ou quelque geste familier d'autrefois. Ou bien , ils s'étudiaient curieusement dans les changements survenus. Il la trouvait plus posée, plus sérieuse, disait-il, sans qu'elle eût rien perdu de cette grâce jeune qui était son irrésistible charme.

Après de si longs jours d'une commune souffrance, éprouvée si loin l'un de l'autre, ce renouveau de leur amour les plongeait dans une inexprimable ivresse.

Et puis, c'était l'enfant, entre eux, riant, babillant, questionnant, allant d'une portière à l'autre. Il y avait dans tout cela une intensité de sensations toutes vives qu'ils n'avaient jamais connues. Catherine était toute fière et toute attendrie de voir Victor dans son rôle de père,

19.

qu'il semblait jouer un peu surpris de lui-même, en retrouvant ce petit être qu'il avait quitté au berceau, et qui causait avec lui, sur ses genoux, fixant sur ses yeux ce grand regard tout pareil à celui de sa mère.

A la station d'Amiens, Surville proposa de descendre, pour aller au buffet.

Par prudence, Catherine refusa. Mais il fallait faire goûter l'enfant.

— Emmène-le, dit-elle à son mari déjà sur le quai.

En les voyant s'éloigner tous deux gaiement, lui, tenant son fils par la main, elle ressentit un si profond élan de tendresse, qu'il lui sembla que son âme planait dans le ciel.

— Quel rêve, quel rêve, mon Dieu! se dit-elle.

Mais, tout à coup, elle demeura glacée.

A quelques pas, deux jeunes gens en élégants costumes de voyage s'étaient brusquement arrêtés à sa vue. Elle les reconnut : c'étaient deux des principaux familiers de ses réceptions... Ils avaient plusieurs fois dîné chez elle.

Leurs regards ayant rencontré le sien, ils la saluèrent avec un sourire... Elle reçut un coup au cœur, et se prit à trembler qu'ils ne s'approchassent pour lui parler... Elle détourna bien vite la tête...

Par bonheur, Victor et l'enfant revenaient ; elle leur cria de se hâter.

— Nous t'apportons des gâteaux, dit son mari.

Le train repartit, Catherine encore une fois se rassura.

Vers minuit, ils étaient à Londres.

XLIII

La maison à laquelle Surville était attaché en
Amérique, ayant un siège à Londres, y avait
aussi une installation permanente pour les direc-
teurs qui venaient à tour de rôle, selon les nécessités de leurs immenses affaires.

Une voiture les attendait à la gare.

Ils y montèrent, laissant un domestique aux
bagages.

Un quart d'heure après, par un horrible temps
de brume et de brouillard, ils arrivaient à Kent-
sington.

— Nous voilà chez nous, dit Victor, comme
ils entraient dans un superbe cottage, tout près
du Muséum.

— Quoi ! demanda Catherine, qui s'était atten-

duc à descendre dans quelque hôtel, c'est ici que
nous allons demeurer ?...

— C'est la première des surprises que je te
ménageais, répondit-il en riant.

— Oh! le méchant, qui m'a laissé croire pendant toute la route que j'allais être logée au hasard !

— Bah! tu en verras bien d'autres, ma chère
adorée, reprit-il doucement radieux.

La demeure, d'un charmant aspect, avait ce
luxe large et confortable du goût britannique.

Les ordres ayant été donnés, les gens avertis,
tout était prêt pour les recevoir.

— Mais c'est un conte de fée ! dit-elle lorsqu'il l'eut conduite dans une jolie chambre, où
un feu flambait.

Une *maid* accorte et jeune, qui lui offrit ses
services pour réparer le désordre du voyage, se
chargea de coucher l'enfant.

— Dépêche-toi! lui dit Surville en la laissant,
le souper nous attend.

Catherine continuait à marcher dans un rêve.

Un quart d'heure après, elle descendait rejoindre son mari dans un joli *dining-room*,
fleuri, bien clos, tandis que, au dehors, le grésil
battait sur les vitres.

Une table était toute dressée, chargée de vic-
tuailles froides et de pâtés de gibier. Au milieu,
un grand somavar chauffait, accompagné d'un
riche service à thé en vermeil.

A l'émerveillement de Catherine, Surville riait
d'un air ravi. Ayant congédié les gens, il la fit
asseoir près de lui.

— Eh bien, comment trouves-tu ta maison ?
lui demanda-t-il délibérément.

— Mais qu'est-ce que tout cela veut dire ?
exclama-t-elle. Je vais d'éblouissement en éblouissement... Quelle vie es-tu donc venu m'apporter ?

— Ne t'effraye pas, reprit-il en souriant, ce
train que tu vois représente tout simplement
dans la Compagnie cent mille francs de frais
généraux pour Londres. Et j'en prends ma part,
voilà tout.

— Mon Dieu ! ajouta-t-elle tout émue, quel
malheur !... Moi, qui espérais me dévouer...

— Mon pauvre ange ! dit-il en saisissant sa
main, te dévouer... Ah ! il s'agit bien de cela
maintenant!..

— Mais tu es donc riche ? reprit-elle presque
tristement, avec son grand regard étonné.

Il riait.

— Allons, viens là, continua-t-il en l'attirant doucement sur son cœur comme pour la protéger, et tiens-toi bien !... Oui, nous sommes riches, tiès riches... Eh ! bien, voilà que tu trembles?... Est-ce qu'il ne me fallait pas une fortune, pour notre enfant et pour toi ?

— Ah ! Victor ! Victor!... s'écria-t-elle.

— Allons, du calme, reprit-il. Cette joie-là ne doit pas te faire peur... Écoute notre histoire.

Et, la gardant embrassée, il lui raconta ce bonheur inouï, dû à leur séparation et qui tenait en trois mots.

Envoyé à Chicago par Lorrain dans une immense usine, après une année d'études et de travaux, il avait eu la bonne fortune d'inventer un procédé nouveau de fabrication, qui triplait le produit déjà très considérable d'une industrie de premier ordre.

Par un de ces coups de chance, qui ne sont point rares au sérieux pays des dollars, la Compagnie très puissante, à laquelle il était attaché, avait adopté aussitôt sa découverte, avec cette hardiesse américaine qui ne recule jamais devant les capitaux d'une entreprise. Elle l'avait en outre nommé directeur en chef, en l'intéressant dans les résultats qu'il avait apportés... Ce qui lui constituait déjà, de ce seul fait, une fabuleuse fortune.

— Tu vois comme je suis un grand homme, ajouta-t-il gentiment en achevant son histoire, et comme te voilà, toi-même, une très importante personne!... Or, ma chérie, comme en toute cette affaire, hors d'Amérique, notre brevet, en outre, m'appartient, nous sommes à Londres, pour signer un contrat... par lequel nous le vendons deux millions !

— Traître, traître!.. s'écria-t-elle tout à coup. Et tu m'as enlevée, en me cachant tout cela !...

— Bats-moi ! dit-il en riant. J'avais peur que, me revoyant si différent d'autrefois, tu ne voulusses plus d'un tel mari !

— Ange ! exclama-t-elle, en se jetant à son cou, tu as toutes les grâces de cœur... Et me voilà forcée de ne plus t'adorer qu'à genoux !

L'ivresse de Catherine tenait du délire. Elle s'abandonnait à cette prodigieuse aventure, pouvant à peine se reconnaître et se retrouver, au milieu des assauts de ce bonheur presque effrayant, qui avait surgi si soudainement dans sa vie. Elle en était comme accablée... Et, par

instant, elle ne pouvait s'empêcher de trembler.
Il lui semblait à peine possible qu'une créature
mortelle pût supporter pareille félicité sans en
mourir.

Sauvée ! elle était sauvée... loin de tous ces
périls de honte qui l'avaient courbée sous tant
d'épouvantables terreurs... Elle était à Londres
avec son enfant, *son mari*... sans que nul pût la
reconnaître.

Parfois encore, cependant, malgré ses joies,
malgré son esprit mobile toujours si prêt à l'illusion, quelque morsure au cœur la surprenait
tout à coup, au milieu de cette inconcevable
quiétude. Grand Dieu !... Si, de Paris, l'on avait
suivi ses traces ?... Si sa mère, ou si Cambrelu,
informés de cette fuite à Londres, survenaient à
l'improviste ?...

Une lettre de son parrain, adressée poste res-
tante, la soulagea enfin de ses plus vives craintes.
Et, pour surcroît d'espérance, Surville étant enchanté de ne point retourner à Paris, leur départ
direct de Londres pour New-York, fixé à huit
jours, était absolument décidé.

Au bout d'une semaine pourtant, elle put se
recueillir dans cet étonnant renouement d'exis-

tence succédant à tant de troubles et de tourments. Après leur vie restreinte d'autrefois, ce
nouveau train de ménage recommençant en pleine
richesse, avait des grâces de chaque heure, et
des émois charmants. Il fallait les voir, le matin,
combinant leur journée, leurs achats...

Catherine voulait être économe, ils se querel-
laient pour un cadeau qu'il voulait lui offrir.

— Je veux, je veux, je veux ! disait-il en lui
prenant la tête, et lui fermant la bouche par un
baiser. Je suis le maître, peut-être !

— Oh ! oui, et même le tyran ! ajoutait-elle avec
une jolie moue de victime qui les faisait rire aux
larmes.

Puis ils partaient dans leur voiture, pour faire
leurs courses, en amoureux, bravant le froid, em-
mitouflés dans des fourrures... Il lui décrivait
l'installation déjà préparée pour elle à Chicago,
aux bords du lac Michigan, lui racontait la vie
qu'ils allaient mener, parlait des amis, du monde
qu'elle allait trouver là-bas en arrivant.

Ils faisaient alors mille projets...

XLIV

Une des plus étranges inconséquences du caractère de bien des femmes, nous l'avons déjà
dit, c'est cette surprenante faculté d'oubli de leurs
plus tristes erreurs dans le passé ! le plus généralement dépourvues, par leur faiblesse même,
des réelles notions de l'honneur, leur nature légère n'en reçoit que très superficiellement l'empreinte.

Toujours prêtes à s'illusionner sur elles-mêmes,
ce seul fait qu'une chute est ignorée, suffit le plus
souvent à l'apaisement de leur conscience. L'impunité les couvrant, leur imagination facile se paye
de compromis, après lesquels il ne reste plus que
le souvenir de l'égarement d'un instant... et la
nécessité d'un secret.

Revenue de tant d'alarmes, Catherine en était là.

En pleine félicité, ces trois mois passés rue Jean-Goujon lui semblaient si loin déjà !...

Sa misère et son abandon n'avaient-ils pas été d'ailleurs la seule cause de cette abominable faute, hélas ! si cruellement expiée... Mais, pourtant encore, même au milieu de ses plus vives expansions avec son mari, cette pensée lancinante lui revenait parfois : s'il allait tout apprendre ?...

Enfin, un jour, le comte Aymar de Trédec arriva, lui apportant l'assurance que toute menace présente était du moins éloignée.

Bien que la disparition de la belle mistress Hogarth eût fait événement pour quelques intimes, le subtil parrain l'avait aisément expliquée par un voyage subit, nécessité par une affaire de famille...

Avec Cambrelu, accablé, sous ce nouveau coup, d'une affreuse rechute de désespoir, il s'en était tiré en lui confiant, sous le sceau du plus grand mystère, que Catherine, surprise par l'arrivée de son mari, qui était tombé à l'hôtel, avait perdu la tête.

« Redoutant un duel fatal *pour lui*, tremblant pour ses propres jours... Ne songeant enfin qu'à

se cacher avec son enfant, qu'elle craignait de se
voir arracher..., elle avait fui, sans même avoir
le temps de prévenir sa mère, et le chargeant
de supplier son *tuteur* de ne point chercher à
découvrir l'asile secret où elle allait attendre
qu'il fussent tous deux hors de péril... »

Le marchand de guano n'était pas brave. Chauvin et les gens lui ayant confirmé la réalité de
cette visite de Victor ; à la suite d'une pareille
confidence, ne faisant ni une ni deux, il avait
quitté Paris le jour même, pour courir se mettre
en sûreté dans son château de La Tremblaie.

Quant à Ida, de crédulité moins facile, en
apprenant cette histoire, et pénétrant du premier
coup *une nouvelle bêtise* de sa fille, *qui la rui-
nait,* elle ne décolérait plus...

Par bonheur, ne sachant rien de ce qu'était
devenue « la malheureuse », il lui était impossible d'intervenir.

L'arrivée du parrain fut encore une occasion
de reconfort pour Catherine. Le départ, déjà
fixé à trois jours de là, sous cette protection
habile autant que dévouée, il était presque impossible à cette heure qu'un malheur pût
l'atteindre.

Elle se voyait déjà sur le navire, avec son mari et son enfant, à jamais affranchie de ses horribles transes...

Libre, sauvée !

Ah ! comme elle allait racheter les égarements de son existence de folle !...

Comme elle allait le payer en bonheur pour effacer du moins ce dernier mensonge odieux d'oser lui revenir avilie !

Enfin, le jour du départ se leva...

Dès le matin, tous les préparatifs achevés, les bagages avaient été expédiés à la gare de Southampton.

XLV

Après déjeuner, dans le parloir du cottage. Surville, Catherine et le vicomte achevaient le café, en attendant l'heure. Le parrain ne devait les quitter qu'à leur embarquement.

La voiture était déjà rangée au bas du perron, lorsqu'un domestique entra, apportant la correspondance et les journaux du matin.

— Oh ! je lirai tout cela en route ! dit Surville.

Il prenait le paquet, sur le plateau, pour le mettre dans sa poche, quand son regard tombant sur une adresse, il s'arrêta.

— Tiens ! s'écria-t-il, des nouvelles de ce bon Lorrain, qui me reviennent d'Amérique !... D'après le timbre, elles sont datées d'un mois... Voyons vite ce qu'il dit.

Et, déchirant l'enveloppe, il en avait retiré la lettre qu'il parcourait machinalement, quand, à quelque étrange nouvelle sans doute, il fit un brusque geste d'effarement, et devint si pâle, qu'on eût dit qu'il se sentait foudroyé.

— Mon Dieu ! s'écria-t-il.

Catherine, saisie d'un serrement de cœur affreux, regarda son parrain, frappé comme elle d'un pressentiment terrible.

Surville, près de la fenêtre, dévorait des yeux les lignes tracées par Lorrain. Un silence effrayant s'était fait tout à coup entre eux, et ses doigts crispés étaient si tremblants qu'on entendait le bruissement du papier.

Lorsqu'il eut achevé, passant machinalement sa main sur son front, il se retourna, rigide, l'œil sombre, presque hagard, les traits contractés par la plus horrible douleur, et, muet, il regarda sa femme.

— Victor !... s'écria-t-elle éperdue.

— Mais vous êtes donc la plus infâme des créatures !... dit-il froidement.

— Pardon !... pardon !... gémit-elle d'un ton suppliant.

Il lui tendit la lettre de Lorrain.

— Ainsi, reprit-il, de ce même calme concentré, mille fois plus effrayant que la colère ; ainsi, c'est vous qui étiez à la fois la fameuse « Buveuse de Perles », et cette riche mistress Hogarth, qui n'était qu'une fille !... Et vous n'avez pas craint d'amener, chez moi, notre enfant que vous mêliez à cette vie !... Et vous avez osé redevenir ma femme... Et vous êtes là !...

— Ah !... pardon ! répéta Catherine écrasée. J'ai été folle... La misère m'a perdue... Je t'aimais... En te revoyant, j'ai tremblé de te laisser apprendre mon malheur !...

— Vous appelez votre malheur cette vie publique de prostituée, si éclatante, que le pauvre Lorrain me la dénonce en me demandant pardon de m'avoir trompé ?... Lui, qui me rappelait, en se portant garant pour vous !...

— Oui, oui, s'écria la malheureuse, affolée sous ce terrible coup, je suis une infâme ! J'ai été lâche !... J'ai eu peur pour toi !

— Peur pour moi ?... reprit-t-il, avec l'accent d'un impitoyable mépris. Étant ce que vous êtes devenue ?... Oh ! c'était bien inutile ! Des misérables de votre sorte, on se contente de les renvoyer au ruisseau !

20

— Victor, mon ami..., hasarda le vicomte.

— Ah ! taisez-vous, vous ! s'écria Surville avec éclat; car, en tout cela, vous êtes encore plus indigne qu'elle !

— Moi ?...

— Eh ! sans doute, vous !... Quoi ! vous l'avez aidée ! Pour me la faire ramasser dans cette boue !... me laissant ignorer que j'allais devenir, aux yeux de tous, un lâche et un vil coquin ! un mari complice, venant récolter le produit de sa femme, sous le lit d'un Cambrelu !

— Non, non, sur mon honneur, je vous le jure, répondit Trédec vivement, je n'ai su votre retour et votre réconciliation que trop tard !

— Trop tard ?... reprit Surville, quand vous êtes venu le lendemain !... Et vous ne m'avez pas crié qu'il me suffisait de payer la nuit de cette drôlesse, et de la rejeter dans la rue, en gardant mon enfant ?... Et vous m'avez menti comme elle, comme cette malheureuse, qui ne sait même pas encore à quel point tout cela était ignoble ?... Et vous alliez me laisser partir, l'emmenant, et me déshonorant... à ne jamais plus oser me montrer parmi les honnêtes gens, lorsque je reviendrais !... C'était ma vie perdue,

mon nom marqué pour toujours d'une note
d'infamie, dont je ne pouvais plus jamais me
laver ! Quoi ! vous vous êtes fait complice de ce
bon coup pour elle... Et vous avez joué ce rôle
indigne d'un homme d'honneur !

Sous ces accusations accablantes, le frappant
une à une, Trédec était devenu vert.

A ce moment, sa rouerie s'évanouissait.

— Sacrebleu ! s'écria-t-il, avec un mouvement de rage contre lui-même, vous êtes heureux que j'aie mérité ces paroles-là... vous !

Catherine assistait à ces reproches, affaissée,
consternée, égarée.

— Allons, Catherine, ajouta le vicomte d'une
voix mal assurée, il n'y a rien à répondre, ni
plus rien à faire ici, qu'à courber le dos.

Catherine sentait que tout s'effondrait de sa
vie...

Elle attendait le dernier mot qui allait la
tuer...

A ce moment, l'enfant, prêt au départ, entrait
à l'étourdie, avec un livre d'images pour la
route, qu'il courut montrer à son père.

Un silence se fit subitement, rompant cette
scène implacable et brutale. La présence de ce

petit être donnait une intensité si effrayante aux
conclusions de cet horrible débat, que tous trois
demeurèrent glacés.

— Partons-nous, papa? dit l'enfant ravi d'un
voyage.

— Oui, mon chéri, répondit Surville en souriant. Nous allons partir, comme deux hommes,
tous les deux, dans la voiture... Ta mère ira de
son côté avec son parrain...

XLVI

Trois jours après, à Paris, l'hôtel de la rue Jean-Goujon était en gala. On y célébrait par un grand dîner le retour de la « Buveuse de perles » revenue de voyage.

Une vingtaine de convives choisis parmi les marquants de la grande vie, une demi-douzaine d'artistes et de gens de lettres célèbres, deux reporters de journaux importants...

Par une originalité charmante, et pour faire mieux fête à ce petit cercle intime, Catherine avait revêtu en cette mémorable circonstance le merveilleux costume de la Cléopâtre de son portrait; et, resplendissante, présidait aux joies du festin.

Sa tête fine, ceinte du pschent surmonté d'un

ibis d'émeraudes, de diamants et de rubis ; avec
ses airs de nymphe, elle semblait être descendue
de son Olympe pour marcher parmi les mortels.
Son péplum léger, drapé de l'épaule gauche sous
son aisselle droite, laissait à nu son bras poli aux
attaches divines. Le blanc, la pourpre et l'or
sobre de sa chlamyde rehaussaient cette idéale fraîcheur de son teint, ce jour-là un peu plus mat
et d'une pâleur de gardénia. Ses grands yeux
noirs, langoureusement cernés de bistre, aux
regards à la fois ingénus et profonds, avaient une
animation étrange et très rare dans cette indolence
un peu hautaine de fille de lord, qui exaltait la
fierté d'Ida.

En face d'elle, à la place du maître de maison,
le vicomte de Trédec, son parrain, faisait les
honneurs avec sa belle désinvolture, et surtout
ce cachet de suprême élégance toujours juste,
dont il savait empreindre ses moindres gestes, du
moment qu'il était assis.

A la droite de mistress Hogarth-Cléopâtre,
exultant, mais ne pouvant comprendre pourquoi
on l'appelait Antoine, l'heureux Cambrelu, qui
venait d'être encore plus durement caboté cette
fois par les traverses d'une passion pour lui si

pleine d'orages, renaissait de nouveau à la vie.
Pourtant, bien que sorti de la peur d'une péri-
pétie tragique, que la brusque arrivée du mari
avait un instant déchaînée sur sa tête, et malgré
le séjour fortifiant de la campagne, pendant les
deux semaines qu'il s'était tenu caché, de
trop terribles transes l'avaient encore maigri...
Par bonheur, la nouvelle certaine de l'embarquement de Surville et de l'enfant pour l'Amérique, attestée par le vicomte Aymar, et le
retour de Catherine, l'avaient réconforté soudain.

Les somptuosités folles de ce grand train,
l'éclat des lumières, le ton relevé des convives,
qui tous étaient *quelqu'un* par l'esprit, les façons
ou le talent, donnaient à la fête l'enjouement
fantaisiste de bonne compagnie de ce certain
monde supérieur et charmant ne vivant qu'entre
soi, et qui ne compte guère à Paris qu'un mil-
lier d'élus.

Déjà les têtes étaient montées, et les propos
s'échangeaient, les mots partaient, vifs, ailés
comme des flèches, empreints de cet humour
original et délibéré qui descend volontiers des
hauteurs de l'esthétique au coq-à-l'âne réussi...

Un Parnassien, qui limait un sonnet, demandait une rime riche à *mistress Hogarth*.

— Cléopâtre ! lui cria très sérieusement Cambrelu.

Ce fut une véritable allégresse. On l'applaudit à tout rompre. Il se rengorgea.

Le courant de gaieté était lancé.

Catherine, en ses habits pompeux, jouait son rôle à ravir, à la fois à chacun et à tous, en généreuse souveraine, avec ses allures de déesse, d'un charme si étrange. Vibrante, animée... Par instants, les éclats de son joli rire sonore, un peu nerveux peut-être, s'élevaient en notes joyeuses... Paraissant grisée de bonheur, on eût dit que, ce soir-là, elle eût résolu de faire sauter sa cornette blasonnée de fille de lord par-dessus les moulins.

A côté d'elle, Cambrelu jubilait, sentimental, les yeux tout ronds, la bouche ouverte dans son expression béate. Il trônait enfin dans sa gloire et dans ses millions ; crevant d'orgueil, touchant au septième ciel des marchands de guano, il commençait même à devenir un peu tendre.

A un moment, il se pencha vers l'oreille de Catherine, et, tout bas :

— Mon chéri, dit-il suppliant, j'espère que ce soir, enfin, tu ne me renverras pas.

Elle le regarda avec un audacieux sourire, et, lui répondant tout haut :

— N'êtes-vous pas mon seigneur et mon maître, ô Antoine ! et ne me payez-vous pas !... Sur les bords du Cydnus, ce soir... j'irai t'attendre...

Cette témérité de riposte produisit un inénarrable effet.

— Méchante, et vous aussi vous m'appelez Antoine, à cause de *la Tentation*... Mais je n'ai pas son compagnon !... ajouta-t-il finement.

— Tout beau, Cambrelu, s'écria Brémont le peintre, ne pas médire de l'animal !.. On ne sait jamais ce qu'on deviendra !.. Horace, lui-même s'intitulait : *Epicuri de grege porcum !*

> — Tout homme a dans le cœur un cochon qui sommeille:
> Mais à la voix du sens, l'animal se réveille.

déclama le Parnassien, d'un air rêveur.

— Une couronne de roses à Antoine-Cambrelu ! dit une voix.

En un clin d'œil, les fleurs d'un surtout furent tressées, et Catherine, de ses mains, orna le chef dénudé du marchand de guano ravi.

Dès cette heure, il se voyait enfin l'amant

en titre et déclaré de la belle mistress Hogarth.
Un million de plus, tombant par hasard dans sa
caisse, ne lui eût certes point causé pareille joie.

Bientôt on s'égara dans les toasts.

Le vicomte commença courtoisement le feu en
faveur de X..., le sculpteur, qui allait faire le buste
de Catherine, et dont une grande œuvre, toute
récente, venait d'avoir un immense succès.

On but à la mode anglaise, avec les trois hourras.

Le Parnassien lut le fameux sonnet si connu
depuis :

Si Cléopâtre avait eu tes grands yeux

. . . .

Ce fut un délire...

Avec une adorable crânerie, du bout de ses
doigts, mistress Hogarth fit voler un baiser à
travers la table, pour récompenser son poète...

Le dernier toast enfin fut porté, par le charmant prince de C..., « à la Buveuse de perles ».

Catherine se leva, souriante, et, avec sa grâce
bizarre de bacchante enivrée, prenant sa coupe
à demi pleine d'une neige de champagne rosé,
elle jeta ces mots de sa voix d'or:

—A vous tous, amis et compagnons de mes

heures de gloire, au plaisir, à la fête, aux co-
cottes, aux millions!...

— Bravo! brava! cria-t-on.

— Silence, silence, laissez achever! Elle est
superbe!

Catherine, alors, les dominant tous, arracha
d'un coup brusque son splendide collier, dont
les trois rangs de perles s'égrenèrent sur la table
et sur le tapis; elle en prit une, et, campée
comme dans son portrait, elle continua:

— A vous tous, je bois ces perles, à l'amour,
au bonheur, à ma mère... qui m'a faite si belle...

Puis, se tournant vers le marchand de guano,
et fixant sur lui son grand regard sombre, avec
un accent étrange:

— A Cambrelu!... dit-elle.

De son geste de reine, elle but.

La coupe avait à peine touché ses lèvres, qu'elle
tomba foudroyée.

On se précipita... Elle était morte.

. . . .

— Ce doit être de l'aconitine, dit le docteur F...
Victor Surville a fait de très beaux travaux sur
cette substance, avec Lorrain.

Cambrelu, effaré, effondré, se jeta dans les bras du vicomte de Trédec.

— Fichez-moi la paix, vous ! dit le parrain en le repoussant d'un mouvement si véhément, qu'il flageola lui-même sur ses jambes.

— Décidément, ajouta-t-il, avec un soupir triste, la pauvre linotte n'était pas faite pour ça !

Ce fut l'oraison funèbre de la BUYEUSE DE PERLES.

FIN

PARIS. — IMPRIMERIE CHAIX, 20, RUE BERGÈRE. — 19462-1.

www.ingramcontent.com/pod-product-compliance
Lightning Source LLC
Chambersburg PA
CBHW070309030726
47505CB00004B/954